KB078325

박선우 장편소설

FUSION FANTASTIC STORY

기적의 환생

MIRACLE LIFE

기적의 환생 14

박선우 장편소설

초판 1쇄 찍은 날 § 2019년 6월 19일
초판 1쇄 펴낸 날 § 2019년 6월 26일

지은이 § 박선우
펴낸이 § 서경석

총괄팀장 § 노종아
편집책임 § 강민구
편집 § 김대용

펴낸곳 § 도서출판 청어람
등록번호 § 제387-1999-000006호
등록일자 § 1999. 5. 31
어람번호 § 제1-3030호

주소 § 경기도 부천시 부일로 483번길 40 서경B/D 3F (우) 14640
전화 § 032-656-4452 팩스 § 032-656-4453
http://www.chungeoram.com
E-mail § chungeorambook@daum.net

ISBN 979-11-04-92016-5 04810
ISBN 979-11-04-91763-9 (세트)

박선우 장편소설
FUSION FANTASTIC STORY

기적의 환생

MIRACLE LIFE

14
[완결]

도서출판
청어람

기적의 환생

MIRACLE LIFE

CONTENTS

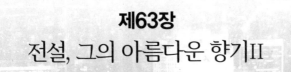

제63장
전설, 그의 아름다운 향기II

"고국에 계신 국민 여러분, 지금 이 환호 소리가 들리십니까. 전 세계의 복싱 팬들이 최강철 선수의 귀환을 열렬히 환영하는 함성입니다. 최강철 선수는 현역 시절 41전 전승 KO승이라는 신화를 남기며 은퇴한 후 7년이나 지난 지금 다시 링에 모습을 드러냈습니다. 저희는, 그리고 대한민국의 모든 국민은 최강철 선수의 복귀를 간절히 만류했으나 그는 남자로서, 그리고 위대한 복서로서 상처받은 자존심을 회복하기 위해 링에 오르겠다고 발표했습니다. 그리고 우리는 끝내 그의 결정을 받아들일 수밖에 없었습니다."

"그렇습니다. 저는 최강철 선수가 메이웨더의 도발로 인해 잠을 이루지 못할 정도로 고통스러웠다며 기자들에게 고백했을 때 눈물이 핑 도는 슬픔을 느꼈습니다. 그 정도라면 싸워야죠. 지든 이기든 저는 최강철 선수의 결정을 그때부터 응원했습니다. 최강철 선수는 불굴의 투지를 가진 전사입니다. 그런 전사가 패배의 두려움 때문에 상처받는 걸 저는 원하지 않습니다."

"저 역시 마찬가집니다. 최강철 선수, 링에 올라와 관중들을 향해 손을 번쩍 치켜듭니다. 정말 자랑스러운 모습입니다. 저 모습을 보면서 느낀 지난날의 행복이 떠오르는군요. 오래전 우리는 무풍지대처럼 링을 달리며 상대를 쓰러뜨리던 최강철 선수의 투혼을 지켜보는 행복 속에서 살았습니다. 그때는 몰랐습니다. 그것이 최강철 선수가 대한민국 국민들에게 얼마나 커다란 기쁨과 행복을 가져다주었는지를. 하지만 지금은 알 것 같습니다. 최강철 선수가 링에 서 있다는 것만으로도 심장이 떨어져 나갈 것처럼 흥분 속에 사로잡혀 있으니 말입니다."

"그건 전 세계의 복싱 팬들도 마찬가지일 겁니다. 보시다시피 관중들은 최강철 선수가 보내는 감사 인사에 기립 박수로 답례하고 있잖습니까? 오래전 은퇴한 최강철 선수가 무려 1억 2천만 달러라는 엄청난 대전료를 받는 건 복싱 팬들이 그를 얼마나 사랑하고 있는지 단적으로 보여주는 것입니다."

"최강철 선수는 이번에 받은 대전료를 전부 사회에 환원한다는 인터뷰를 했습니다. 우리나라 돈으로 무려 1,700억에 달하는 거액인데 말이죠. 정말 대단하지 않습니까?"

"사실 그동안 최강철 선수는 파이트머니의 대부분을 고아원이나 불우한 청년들에게 장학금으로 내놓았습니다. 작년에 엔젤 재단에서 그동안 최강철 선수가 기부한 금액을 합산해서 발표했는데, 무려 5,200억에 달했습니다. 진정한 영웅입니다. 영웅은 황금을 돌처럼 본다던데 최강철 선수가 바로 그런 사람입니다."

누구보다 최강철을 잘 아는 이종엽과 윤근모가 번갈아가며 소리를 질러댔다.

두 사람은 최강철이 은퇴한 후 2년이 지났을 때 동시에 방송을 접었는데, 이번 시합 때문에 MBC 측에서 특별히 초청해 미국으로 날아왔다.

"와아! 와아!"

최강철의 출전으로 인해 뜨거워진 특설 링의 한구석부터 시작된 함성이 점점 파도처럼 커지며 중앙으로 몰려왔다.

"말씀드리는 순간 챔피언 메이웨더 선수가 출전하고 있습니다. 무적의 챔피언, 화려한 테크닉과 방어력으로 상대를 압살해 온 메이웨더 선수는 41전 전승을 기록하고 있으며 무려 5체급의 타이틀을 획득했습니다. 정말 대단한 전적이고 기록입니다."

"그렇습니다. 그러고 보니 최강철 선수와 메이웨더 선수는 전적 수가 똑같군요. 하지만 KO율에서는 현저한 차이가 있습니다. 최강철 선수는 전부 KO승을 거두었기 때문에 펀치력에서는 훨씬 앞선다고 볼 수 있습니다."

"같은 전적이지만 최강철 선수가 싸워온 면면은 메이웨더와 비교조차 되지 않습니다. 복싱의 황금기에 전 세계 복싱 팬들을 잠 못 들게 만든 무적의 선수들이 전부 최강철 선수의 발밑에 무릎을 꿇었습니다. 물론 메이웨더 선수도 대단한 선수들을 꺾어왔지만, 지명도 면에서 봤을 때는 비교가 되지 않습니다. 프레드 아두, 토머스 헌즈, 슈가레이 레너드, 듀란, 휘태커, 챠베스 등 전부 전설로 치부되던 선수들이었습니다."

"그래서 최강철 선수를 역대 최강이라고 하는 것입니다. 만약 최강철 선수가 현역 시절에 메이웨더와 만났다면 저 선수가 저렇게 여유를 부리지는 못했을 것입니다."

윤근모가 링에서 껑충껑충 뛰면서 코칭스태프와 장난치고 있는 메이웨더를 바라보며 입술을 깨물었다.

시합 전에도 완벽하게 최강철을 무시하던 그는 링에 올라온 이 순간에도 아예 최강철에게 눈길조차 주지 않은 채 자신의 코너에서 마음껏 여유를 부리고 있었다.

　　　　*　　　　　*　　　　　*

"하아, 저 새끼 정말 밉상이군."

"원래 그런 새끼다. 신경 쓰지 마."

최강철이 반대쪽에서 고개를 까닥거리고 있는 메이웨더를 바라보며 중얼거리자 이성일이 침을 튀며 그의 시선을 가로막았다.

자신이 봐도 열이 올라와 견딜 수 없을 정도였으니 놈의 얄미운 상판을 최강철이 계속 보게 할 이유가 없었다.

그런 면에서 메이웨더는 심리전에 타의 추종을 불허할 정도의 능력을 지닌 게 분명했다.

그저 보는 것만으로도 울화통이 터지게 만드는 재주가 있으니 말이다.

"얼굴이 검어서 그런지 번들거리네. 저 새끼, 바셀린을 아주 떡칠한 거 아냐?"

"피부가 좋아서 잘 먹은 거다."

"그럼 내 피부는 나쁘다는 겁니까? 관장님, 설마 바셀린 싼 거 쓰는 건 아니죠?"

"이놈아, 세계에서 제일 비싼 거다. 괜한 걸로 시비 걸지 마라."

"그런데 왜 난 저놈처럼 반짝반짝 윤이 안 나요?"

"나이 먹어서 그래. 저놈은 이제 서른 살이다. 피부 탄력이 너보다 훨씬 좋다고."

"흐으, 말을 해도 꼭……."

코너에 서서 팔, 다리를 풀며 대화하던 최강철이 윤성호를 노려봤다.

그러고 보니 오랜 세월이 지나긴 했다.

윤성호의 얼굴은 주름살이 가득했고 어느새 허연 머리카락이 여기저기에 보이고 있었다.

"강철아, 고맙다."

"뭐가요?"

"난 지금 너무 행복해. 당장 죽어도 좋을 만큼 행복해서 미칠 것 같다."

"링에 올라온 게 그렇게 좋습니까?"

"응. 마치 고향에 돌아온 기분이야."

"하하, 사실 나도 그래요. 링에 올라오니까 힘이 불끈불끈 올라옵니다."

"그래도 이번이 마지막이다. 알지?"

"압니다. 그리고 더 이상 싸울 놈도 없어요. 저놈의 모가지만 치면 다시는 링에 올라올 일이 없을 겁니다."

"잘해. 져도 멋지게 져야 팬들한테 쪽팔리지 않는다. 돌아갔을 때 고개 바짝 들고 다닐 정도로는 싸워야 해."

"관장님은 어째 맨날 질 생각부터 합니까?"

"상대가 너무 세니까 그렇지. 그리고 내가 이렇게 죽는소릴 해야 네가 더 힘을 내잖아."

"그렇긴 하죠."

"심판이 부른다. 가자. 가까운 곳에서는 얼마나 더 밉상인지 확인해 보자고."

*   *   *

윤성호도 이성일도 가까이 따라왔지만, 슬금슬금 다른 곳을 쳐다봤다.

붉은 입술, 서늘하게 가라앉은 눈, 상대를 향해 던지는 차가운 시선, 그리고 무엇보다 사람의 속을 뒤집어놓을 것 같은 미소.

참, 이놈은 특별한 놈이다.

"잘생겼네."

"뭐라는 거야?"

"인마, 너 잘생겼다고. 흑인치고는 꽤 잘생겼어. 그 얼굴에 싸가지 없는 웃음만 빼면 여자들이 줄줄 따르겠다."

"이… 미친. 뭔 개소리지?"

"안타까워서 그래. 난 잘생긴 놈들을 보면 기분이 좋아지는데 이상하게 너한테는 그런 느낌을 못 받았어. 가만히 생각해보니까 그 웃음 때문이더라. 이 자식아, 사람을 대할 때는 그런 웃음을 지으면 상대가 기분이 나빠져."

"어이, 노인네. 내가 두려워서 이러는 거지?"

"크크, 별소릴 다 듣겠네. 진심이야, 인마. 오늘 내가 네 얼굴에서 그 싸가지 없는 웃음을 완벽하게 지워줄 테니까 앞으로는 그런 웃음 짓고 다니지 마."

심판의 주의 사항과 최강철의 말이 동시에 끝났다.

심판은 두 선수가 대화하는 것을 들으면서도 자신의 할 일만 열심히 했는데 베테랑의 면모가 풀풀 흘러나왔다.

코너로 돌아오자 목덜미가 뜨뜻해졌다.

지금까지 무시하듯 자신을 쳐다보지 않던 메이웨더가 뒤쪽에서 노려보고 있었기 때문이다.

"강철아, 준비한 대로만 하자. 알았지?"

"알았습니다."

"다시 말하지만 난 이제 여한이 없다. 너, 그거 아니? 지금 내 마음은 미치도록 좋아하고 사랑하던 담배를 마누라 때문에 할 수 없이 끊었다가 7년 만에 다시 한 대 피워 문 심정이야."

"표현력이 점점 좋아지시네요."

"우리 욕심부리지 말자. 준비한 대로 밀어붙이다가 안 되면 깔끔하게 포기하는 거야. 오케이?"

"역시 관장님은 머리가 좋습니다. 그러죠. 욕심은 부리지 않겠습니다. 그러나 가지고 있는 걸 전부 쏟아부은 후 정신을 잃으면 그때 관장님이 타월을 던지세요. 그땐 저도 아무 말 하지 않겠습니다."

"미친놈. 알아서 해, 이 자식아!"

윤성호가 피식 웃었다.

차라리 링에서 죽겠다는 말이다.

허리케인의 복싱 인생에서 대충의 패배는 존재하지 않는다.

쓰러뜨리거나 쓰러지거나.

마우스피스를 끼워주며 소리를 지르는 윤성호를 향해 고개를 끄덕여 준 최강철이 씨익 미소를 지었다.

그런 후 천천히 몸을 돌려 링의 중앙으로 향했다.

*　　　　*　　　　*

빠르다. 하지만 그냥 빠른 게 아니다.

마주 서는 순간 강력한 라이트훅을 날렸으나 메이웨더는 단 두 걸음 만에 공격을 피해내며 좌측으로 빠져나갔다.

최강철은 슬쩍 웃음을 지으며 천천히 그의 스텝을 따라 움직였다.

나는 즐겁다. 지금 이 자리에 있다는 것 자체만으로도 가슴이 설레 웃음이 저절로 나온다.

퉁퉁, 투투퉁, 퉁퉁.

박자를 맞추듯 메이웨더의 스텝을 따라가며 펀치를 던졌다.

맞아 죽으라고 갈긴 펀치가 아니라 춤추는 것처럼 리듬을 타며 메이웨더의 십자 암브로킹을 향해 던진 주먹이다.

최강철이 리듬을 타며 움직이자 메이웨더가 비슷한 반응을 일으켰다.

작용과 반작용.

그의 경기를 보면서 느낀 것은 그가 언제나 적의 움직임에 따라 최적의 반응을 보인다는 것이다.

최강철이 가드 위로 장난스럽게 펀치를 툭툭 던지자, 메이웨더가 가소롭다는 미소를 지으며 상체를 움직이지 않은 채 스토핑을 걸어 펀치들을 젖혀냈다.

그런 후 패링에 이은 스트레이트가 빠져나오기 시작했다.

위잉, 위잉.

번개처럼 터진 펀치는 마치 송곳처럼 그의 몸에서 삐져나와 최강철의 안면을 향해 날아왔다.

그때 가볍게 움직이던 최강철의 반응이 변했다.

마치 기다리고 있던 것처럼 최강철은 라이트스트레이트를

스토핑으로 막아낸 후 패링으로 레프트를 무력화시키며 번개처럼 펀치를 갈긴 것이다.

쿠웅!

정확한 라이트훅이 메이웨더의 관자놀이에 틀어박히는 순간 주먹에서 짜릿한 감각이 피어올랐다.

이렇게 쉽게 기회가 찾아올 줄 몰랐다.

놈의 레프트 숄더롤을 깨뜨리기 위해 패링에 이은 반격을 기다리고 있었는데, 1라운드가 시작된 지 불과 1분도 되지 않아 강력한 라이트스트레이트를 놈의 머리통에 박아 넣었다.

휘청.

메이웨더의 신형이 움찔하며 뒤로 물러나는 게 보였다.

바보 같은 놈.

남들에게는 그토록 증오심을 심어주며 이성을 상실케 만들더니 불과 몇 마디 농담으로 쉽게 무너지다니 생각보다 훨씬 멘탈이 약한 놈이다.

최강철은 메이웨더가 뒤로 물러나는 순간 폭발적으로 신형을 전진했다.

리드미컬하게 움직이던 모습은 언제 그랬냐는 듯 찾아볼 수 없었고, 대신 그의 몸에 남은 것은 광폭한 전사의 투지뿐이었다.

파방, 콰과광, 콰쾅!

이봐, 메이웨더.

남들이 나를 보고 허리케인이라고 불러.

그 별명이 왜 생긴 것인지 너도 내 경기를 지켜봤으니 잘 알고 있을 거야.

지금부터 나는 허리케인이라고 불리던, 바로 폭풍 같은 공격을 너에게 보여줄 생각이다.

너는 더욱 조심해야 했어.

나는 이런 기회를 그냥 넘긴 적이 단 한 번도 없는 사람이거든.

*   *   *

어떤 공격도 막을 수 있는 방패, 어떤 방패도 뚫을 수 있는 창.

이 두 가지를 합해서 모순이라고 한다.

모순이란 앞과 뒤의 상황이 전혀 맞지 않을 때 사용하는 단어이고, 지금의 이 상황도 마찬가지였다.

메이웨더의 숄더롤과 크로스 암브로킹은 그가 41전의 시합을 하는 동안 단 한 번도 그로기에 몰리지 않도록 만들어준 방어 기술이다.

철벽이다.

어떤 공격도 뚫을 수 없는 견고함, 그리고 적의 빈틈을 향해 송곳처럼 찔러 나가는 반격.

이 두 가지로 인해 메이웨더는 지금까지 무적 행진을 해왔다.

그러나 그의 방어는 단 한 순간에 균열을 일으키며 휘청거렸다.

최강철의 강력한 라이트훅이 적중되는 순간 메이웨더는 특유의 완벽한 균형 상태가 무너지며 뒤쪽으로 밀려나느라 정신이 없었다.

붙잡고 늘어진다.

메이웨더는 충격을 완화하기 위해 접근해 온 최강철을 껴안으며 시간을 보내려 안간힘을 썼다.

그가 자주 쓰는 클린치 작전이다.

하지만 메이웨더는 최강철이 무자비할 정도로 잔인한 포식자라는 걸 잠시 잊고 있었던 모양이다.

최강철은 레퍼리가 가로막기 전, 이미 자신의 팔을 껴안은 메이웨더의 몸통을 캔버스에 집어 던졌다.

심판이 놀란 눈으로 중간을 가로막으며 메이웨더에게 시간을 주었지만 신경 쓰지 않았다.

클린치를 하면 언제든지 집어 던질 생각이었다.

이봐, 메이웨더. 나를 그동안 네가 상대한 얌전한 강아지들로 생각하면 오산이다.

정정당당하게 피하고 반격을 해. 그렇지 않고 도망만 간다면 네 수명은 점점 더 짧아질 것이다.

다시 시합이 재개되는 순간 최강철은 도망가는 메이웨더의 스텝을 팬케이크로 자르며 따라붙었다.

메이웨더가 강한 이유는 두 가지가 있었기 때문이다.

누구도 잡을 수 없는 스피드, 그리고 완벽한 방어 기술.

상대는 이 두 가지를 한꺼번에 해결하기 위해 무리한 공격을 해야 했고, 메이웨더는 상대의 약점을 철저하게 응징해 왔다.

지금도 메이웨더는 그동안 자신이 해온 것처럼 최강철이 무모한 공격을 해올 것이라 예상하며 빠르게 외곽으로 움직였다.

하지만 그가 착각하고 있는 게 있었으니 바로 최강철의 스피드였다.

최강철의 스피드는 인파이터 중에서 최상이었고, 그 스피드로 수많은 적을 압살해 온 야수였다.

휘리릭.

어느새 따라붙은 최강철이 메이웨더의 턱 밑에서 불쑥 솟아올랐다.

링은 좁다.

메이웨더가 미친 듯이 도망쳤지만, 팬케이크로 자르며 방향을 차단한 채 접근하는 최강철을 뿌리치는 건 불가능한 일이었다.

최강철은 작정한 듯 펀치를 갈기고 있었다.

메이웨더가 도망갈 때마다 허리를 잡아 움직이지 못하도록 만들고 최강철은 공포의 파워 콤비네이션 펀치를 퍼부었다.

"와아, 와아!"

이미 특설 링은 관중들의 비명으로 폭탄을 맞은 것처럼 변해 있었다.

이런 경기를 기대했지만, 차마 이런 경기가 발생할 것이라고는 예상하지 못했다.

지상 최강의 아웃복서이자 테크니션인 메이웨더가 불과 1라운드 만에 잡힐 것이란 생각을 누가 할 수 있단 말인가?

최강철의 무자비한 공격에 관중들은 예전처럼 모두 일어서 광란의 몸짓을 숨기지 못했다.

7년 만에 돌아온 최강철은 과거의 그 무시무시한 공격력을 유감없이 선보이며 관중들의 정신을 수렁 속으로 밀어 넣고 있었다.

크로스 암브로킹을 뚫고 들어온 상대의 펀치를 숄더롤로 커버하는 메이웨더의 방어막은 이미 최강철의 칼날 같은 공격에 반쯤 무너진 상태였다.

말 그대로 면도날처럼 예리했고 활화산이 터지는 것처럼 무차별적인 폭발력을 지녔다. 그런 최강철의 콤비네이션은 메이웨더의 방어막을 찢으며 여러 차례 그의 안면을 흔들어놓았다.

그때마다 관중들은 악을 써댔다.

지금까지 메이웨더의 경기를 보면서 언제 이렇게 맞는 걸 본 적이 있단 말인가.

정말 믿어지지 않는 장면의 연속이었다.

1라운드가 끝나는 공이 울린 것은 최강철이 휘청거리는 메이웨더를 로프에 묶어놓고 유린할 때였다.

위력적인 어퍼컷이 방어선을 뚫고 들어가 정확하게 턱을 갈겼기 때문에 메이웨더의 머리가 하늘로 솟구쳤다가 떨어졌다.

공 소리와 함께 레퍼리가 양 선수의 중간을 가로막고 들어왔을 때, 메이웨더가 풀린 다리를 숨기기 위해 팔로 로프를 잡았다.

그런 후 한동안 움직이지 않은 채 코너로 돌아가는 최강철의 뒷모습을 지켜봤다.

어이없는 시선.

그는 지금 링에서 벌어지고 있는 현실이 믿어지지 않는 모양이다.

결국 코치진에 의해 메이웨더가 코너로 돌아가는 걸 보며 관중들은 다시 한번 놀랐다.

메이웨더가 스스로 걷지 못하는 게 보였기 때문이다.

물론 많이 맞았다.

그럼에도 메이웨더는 특유의 방어막을 가동하며 결정적인 펀치들을 전부 피했다고 생각했는데 생각보다 훨씬 대미지가 큰 모양이다.

＊　　　　　＊　　　　　＊

"운이 좋았어. 저 새끼 급소를 맞아서 달팽이관이 맛이 간 것 같아."

"아무래도 그런 거 같아요. 저놈 스텝에 힘이 없어요. 균형을 잡지 못하는 걸 보니 라이트혹에 맞으면서 관자놀이 쪽에 문제가 생긴 것 같습니다."

"시간을 주면 안 돼. 달팽이관 쪽이라면 잠깐의 휴식으로 회복될 수 있다. 나올 때 스텝을 잘 보고 대처해. 무슨 뜻인지 알지?"

"압니다."

"저 새끼 스텝이 들어갈 때처럼 힘이 없으면 이번에 끝장을 보자. 어차피 오래 끌고 갈 생각은 아니었잖아?"

"그래도 내가 당한 고통만큼은 돌려줘야 되지 않겠습니까?"

"그건 알아서 하고."

윤성호의 얼굴이 밝아져 있다.

오랜 경험으로 메이웨더의 상태가 정상이 아니라는 것을 눈치챘기 때문이다.

추측한 것처럼 메이웨더의 머리 쪽에 문제가 생긴 것이라면 이 경기는 더 이상 해보나마나이다.

복서에게 균형은 생명과 같은 것이었으니 균형을 잃은 복서에게 남은 것은 죽음밖에 없었다.

최강철은 2라운드를 알리는 공 소리를 들으며 링의 중앙으로 나섰다.

다가오는 메이웨더의 다리를 본 최강철의 표정이 슬며시 굳어졌다.

그의 다리는 어느새 단단한 기둥처럼 완고하게 캔버스를 밟고 있었는데, 1라운드에 당한 대미지를 회복한 모습이다.

그 모습을 보면서 찜찜하던 가슴의 답답함이 한꺼번에 풀렸다.

다행스럽게 메이웨더는 1라운드에서 그를 괴롭히던 균형 문제를 해결하고 나온 것 같았다.

나는 행운으로 인한 승리를 원하지 않는다.

그리고 나에게는 순수한 힘만으로 상대를 쓰러뜨릴 능력이 있다.

최강철은 링의 중앙으로 나와 빠르게 잽을 날리는 메이웨더의 모습을 확인한 후 다시 폭발적으로 돌진을 시작했다.

확실히 몸의 상태가 회복되었기 때문인지 메이웨더의 움직임이 달라졌다.

공격해 온 최강철의 펀치를 다양한 방법으로 피하며 메이웨더는 날카로운 반격을 가해왔다.

쐐액, 쉭쉭, 쉬익.

그의 펀치에서 독사의 울음소리가 흘러나왔다.

그만큼 예리하고 날카로운 펀치였다.

최강철은 그의 펀치를 피하며 끊임없이 접근한 후 처음 하던 것처럼 정면 승부를 펼쳐 나갔다.

반격을 해오길 기다리다가 마주 주먹을 갈겨댔다.

어차피 이번 승부는 메이웨더가 방어에 치중하면 쉽게 끝낼 수 없기 때문에 모험이 필요했다.

맞고 때렸다.

그런 후 무차별적으로 진격해서 더 많은 펀치를 퍼부었다.

링을 넓게 쓰며 경기장 사방에서 전투가 벌어지고 있었는데, 주로 메이웨더가 뒤로 밀리는 형국이었다.

최강철이 펀치를 맞아도 끊임없이 전진했기 때문이다.

양 선수가 쉴 새 없이 때리고 맞았다.

이런 현상은 두 선수가 일방적으로 밀리지 않기 위해 쉴 새

없이 펀치를 냈기 때문에 발생한 것이다.

관중들은 최강철과 메이웨더가 이렇게 많이 맞는 경기를 처음 본다.

두 선수의 방어력은 전 체급을 통틀어 최고라는 평가를 받았지만, 지금 두 사람은 방어보다 공격에 목숨을 건 것처럼 보였다.

이유는 달랐다.

메이웨더는 1라운드에서 일방적으로 밀렸기 때문에 경기의 양상을 변화시킬 필요가 있었고, 최강철은 메이웨더의 빠른 발이 살아나지 못하도록 만들어야 했다.

*   *   *

명승부는 이런 것이다.

1라운드에 일방적으로 유리하던 경기는 라운드가 지속되면서 팽팽하게 맞서는 경기로 변해갔다.

치열한 공방전.

잠시도 앉아 있지 못할 정도로 두 선수는 링의 곳곳에서 서로를 죽이기 위해 무차별적인 펀치를 날려댔다.

이런 경기는 메이웨더의 스타일이 아니었다.

그는 완벽한 방어막으로 상대의 공격을 견뎌내다가 야금야금 상대의 숨통을 끊어놓는 것으로 유명했다. 하지만 지금은 전혀 다른 게임 양상을 보여주고 있었다.

모두 최강철로 인한 결과였다.

최강철은 그동안 상대한 자들과 근본적으로 비교할 수 없는 파워와 스피드, 그리고 기량을 가졌고 워낙 강렬한 인파이팅을 펼치기 때문에 메이웨더는 자신의 의도대로 경기를 끌고 나갈 방법이 없었다.

더군다나 수많은 펀치를 허용했다.

그 역시 최강철의 안면에 많은 펀치를 퍼부었으나, 그것보다 훨씬 많은 펀치를 안면에 허용하고 말았다.

그럼에도 피한다는 건 생각조차 하지 못했다.

그만큼 최강철의 공격력은 피하는 것만으로 감당하기엔 너무나 강력했다.

                    *   *   *

경기의 양상이 바뀌기 시작한 것은 7라운드부터였다.

늙어빠진 최강철을 맛있게 요리하겠다며 메이웨더가 그동안 언론에게 공공연히 약속한 시간이었다.

그는 자신의 디펜스를 깨기 위해 안달하던 최강철이 6라운드만 지나면 서 있는 것조차 힘들 거라 단정했다. 그리고 그는 최강철에게 7라운드부터 무차별적인 공격을 가할 것이라 공언했다.

하지만 막상 공격을 시작한 것은 최강철이었다.

접전의 양상은 비슷했지만, 그동안 밀던 힘과 근본적인 차이를 보이며 최강철은 메이웨더를 로프로 끌고 갔다.

필사적으로 벗어나려고 할수록 메이웨더의 안면은 더 많이 흔들거렸다.

대미지에 빠져들지 않기 위해 백스텝을 밟는 순간 최강철의 어깨가 끊임없이 몸통을 들이박았고, 연이어 날아온 펀치가 노출된 안면을 두들겼기 때문이다.

결국 메이웨더가 반격을 시작했을 때 최강철의 얼굴에서 하얀 웃음이 떠올랐다.

그래, 메이웨더.

전사는 죽을 때 장렬하게 산화해야 역사에 남는 법이다.

자신의 레프트훅을 마중하듯 메이웨더의 콤비네이션 펀치가 번개처럼 빠져나오며 안면을 노렸다.

그대로 레프트훅을 진행한다면 밑에서 올라오는 어퍼컷과 오른쪽 옆구리는 무조건 맞아야 한다.

그걸 알면서도 최강철은 이를 악문 채 레프트훅을 거둬들이지 않았다.

대신 오른쪽 주먹이 날아오는 메이웨더의 레프트 어퍼컷에 맞서 번개처럼 쏘아갔다.

머리에서 별이 번쩍일 정도의 충격이 생겨났다.

하지만 최강철은 묵직하게 걸리는 오른손의 감각을 느끼며 그대로 앞으로 돌진했다.

이미 메이웨더는 자신의 크로스 카운터에 걸려 로프까지 밀려 나가고 있는 중이었다.

이젠 끝낼 시간이다.

오늘 정말 많이 맞았다.

메이웨더란 걸출한 선수를 잡기 위해 어쩔 수 없이 선택한 전략이었지만, 복싱을 시작한 이후 이렇게까지 맞은 적이 없다.

물론 챠베스전은 제외다.

그때는 정상적인 컨디션이 아니었기 때문에 엄청난 고전을 했지만, 지금은 최상의 컨디션이었음에도 셀 수 없이 많은 펀치를 허용했다.

이제 그만 맞아야 한다.

여기서 더 맞는다면 대미지로 인해 당분간 정상적인 생활을 할 수 없을지도 모른다.

최강철은 매미처럼 링에 걸린 메이웨더를 향해 펀치를 난사했다.

워낙 강한 주먹을 맞았기 때문에 메이웨더는 등을 로프에 기댄 채 풀 가딩을 하고 있는 상태였다.

하지만 그게 메이웨더의 수명을 단축했다.

도살자에게 시퍼런 칼을 휘두를 수 있도록 시간을 줬으니 어찌 목이 베이지 않길 기대한단 말인가.

최강철은 풀 가딩을 하고 있는 메이웨더의 얼굴 대신 양쪽 옆구리를 선택했다.

그 와중에도 옆구리를 때려야 가딩이 내려온다는 사실을 잊지 않고 있었다.

파바방, 팡, 팡, 팡!

무려 여섯 방의 쇼트훅을 빛살처럼 날려 메이웨더의 옆구리를 공략한 후 회수했다.

그러나 그건 시작에 불과했다.

옆구리를 가격하고 돌아온 펀치는 거리를 확보한 후 본격적으로 메이웨더의 전신을 유린하기 시작했다.

메이웨더의 완벽한 방어막에 균열이 가기 시작한 건 콤비네이션 펀치가 한바탕 칼춤을 추고 난 후부터였다.

최강철은 조금씩 벌어지는 메이웨더의 방어막을 발칸포 같은 연타로 무너뜨렸다.

휘청거리며 버티던 메이웨더를 캔버스에 주저앉힌 건 두 번째 콤비네이션의 마지막 펀치인 토네이도 어퍼컷이었다.

이성일이 크로스 암브로킹에 가장 치명적인 공격이라며 단

언한 바로 그 구십 도로 숏구치는 어퍼컷이었다.

덜컥!

영웅이 무너지는 소리.

그리고 돌아온 전설이 다시 신화를 써 내려가는 소리였다.

*　　　　*　　　　*

"악! 쓰러졌습니다! 메이웨더가 최강철 선수의 강력한 어퍼
컷을 맞고 쓰러졌습니다! 일어나지 못합니다! 일어나지 못합니
다! 레퍼리, 카운트를 중단했습니다! 최강철 선수의 승리입니
다! 들리십니까? 지금 MGM 호텔 특설 링은 관중들의 열광으
로 인해 지진이 일어난 것 같은 착각이 들 정도입니다! 최강철
선수, 두 팔을 번쩍 들고 관중들을 향해 포효합니다! 이런 순
간, 이런 장면을 다시 보게 되다니 정말 꿈만 같습니다!"

"그렇습니다. 최강철 선수, 정말 대단합니다. 그 누구도 이기
지 못할 것 같던 메이웨더를 일방적으로 몰아붙인 끝에 7라운
드 KO승을 거두었습니다. 이번 경기 내내 최강철 선수는 전
성기 시절의 기량을 고스란히 보여주었습니다. 특히 마지막에
메이웨더를 사냥하는 장면은 예전 허리케인의 모습을 보는 것
같았습니다."

"경기 시작부터 시합이 끝난 7라운드까지 최강철 선수가 불

리한 라운드는 하나도 없었습니다. 그만큼 완벽한 시합을 했다는 건데요. 마흔세 살이란 나이와 어울리지 않게 체력에도 전혀 문제가 없었고, 기량도 전혀 녹슬지 않았습니다. 최강철 선수가 이 경기를 위해 얼마나 노력했는지 충분히 알 수 있는 경기였습니다."

"전략도 훌륭했습니다. 메이웨더가 방어 위주의 시합을 하지 못하도록 난타전으로 끌고 갔습니다. 메이웨더 특유의 숄더롤과 크로스 암브로킹이 전혀 효과를 보지 못했습니다. 이 경기의 승리는 최강철 선수의 투혼과 코칭스태프의 완벽한 작전이 합쳐져 일궈낸 것이라 생각되는군요."

"경기 내내 너무 긴장되어 입이 잘 떨어지지 않을 정도였습니다. 양 선수가 벌인 혈투는 복싱 역사에 길이 남을 명승부로 기록될 것입니다."

"제가 봤을 때 최소 다섯 손가락 안에 들 정도의 명승부였습니다. 7라운드 내내 양 선수가 벌인 전쟁은 보는 사람의 피를 들끓게 만들 정도로 엄청난 혈투였습니다."

"더군다나 세계 최고 수준의 기량을 가진 선수들이 맞붙은 전쟁이었기에 더욱 그런 것 같습니다. 윤 위원님, 그렇지 않습니까?"

"그렇죠. 한 편의 예술을 보는 것처럼 아름다웠습니다. 우리는 스크린을 가득 채운 압도적인 스케일의 고대 전쟁영화를 본 것과 같은 전율을 느꼈습니다. 양 선수의 기량이 그만큼 출중했고 승리에 대한 투지가 엄청났기 때문에 느낀 감정일 것입니다."

"최강철 선수, 이제 일어나는 메이웨더의 어깨를 두들겨 주고 있습니다. 신사적인 모습입니다."

"언제나 최강철 선수는 경기가 끝나면 예의를 잊지 않았습니다. 상대를 배려하는 모습이 정말 아름답군요."

"최강철 선수, 환하게 웃으며 뭔가를 이야기합니다. 수고했다는 말이겠죠?"

"아마 그럴 겁니다. 비록 패배했지만 메이웨더의 오늘 경기는 그가 치른 어떤 경기보다 훌륭했습니다."

자리에서 일어난 두 사람은 시합을 끝낸 후 최강철이 링에서 하는 행동에 대해 정신없이 떠들어댔다.

아직도 특설 링의 관중들은 흥분을 가라앉히지 못하고 있었다.

관중들도 그들처럼 모두 일어서서 허리케인을 연호하고 있었는데, 함성과 비명이 난무하며 특설 링을 뜨겁게 달구었다.

사람이 비명을 지르는 이유는 감정을 통제할 수 없기 때문이다.

특히 최강철이 승리하는 과정을 지켜보던 여자 관중들은 마치 오르가즘에 도달한 것처럼 온몸을 부들부들 떨면서 연신 괴성을 터뜨리고 있었다.

                    *   *   *

　국가란 무엇인가.

　어떤 사람들은 국뽕 운운하며 국가에 대한 무조건적인 충
성을 비난하곤 한다.

　하지만 국가란 국민이고 국민이 국가의 모든 것이라는 사실
을 알고 그런 말을 하는 것인지 모르겠다.

　부모가 아이가 건강하게 성장해서 출세하기를 바라는 마음
처럼 국민이 국가에 갖는 마음도 다를 바가 없다.

　최강철의 경기가 치러지던 날 대한민국은 8백만의 국민이
길거리 응원에 나섰다.

　그 숫자가 이해되지 않는다면 간단하게 대한민국 국민 다
섯 명 중 한 명이 거리에 나왔다고 생각하면 된다.

　아니지. 계산을 다시 하자.

　스스로 걷지 못하는 꼬맹이와 늙어서 움직이지 못하는 노
인을 뺀다면 세 명에 한 명꼴이라고 생각할 수 있겠다.

　최강철의 경기가 결정된 후 한동안 시끄럽던 대한민국은 정
우석 대통령이 연달아 터뜨린 메가톤급 충격적인 뉴스로 인
해 잠시 머릿속에서 그의 경기를 잊었다.

병력 감축에 이은 첨단무기 체제로의 전환, 한강변 개발 프로젝트, 관광객 유치를 위한 뉴 코리아 프로젝트, 그리고 지방 균형 발전을 위한 수도권 분산정책 등 국민들은 1년 동안 정우석 대통령이 터뜨린 뉴스로 인해 정신을 차리지 못할 정도였다.

그러나 시합이 점점 다가오면서 사회를 뜨겁게 달구던 이슈들이 하나씩 수면 아래로 가라앉았다. 그리고 언론 전면에 최강철의 이름이 다시 등장하기 시작했다.

한번 등장한 최강철의 이름은 한 달 내내 대한민국 전체를 다시 흥분과 긴장 속으로 몰아넣었다.

사람들은 최강철의 이름을 잊은 게 아니라 잠시 묻어두었을 뿐이다.

이윽고 시합 당일.

대한민국은 온통 푸른 물결로 물들었다.

최강철을 상징하는 푸른 바탕의 붉은 불사조 깃발은 거대한 파도가 되어 대한민국 전역으로 번져 나갔다.

그들이 모인 이유는 오직 하나, 최강철의 승리를 기원하기 위함이었다.

당신은 국민들이 최강철이란 영웅을 단순히 좋아했기 때문에 이 많은 군중이 몰려들었다고 생각하는가?

아니다.

국민들이 몰려든 이유는 그가 대한민국의 일원이고, 그 스스로 거대한 전쟁터에 나가 대한민국의 이름을 걸고 싸우기 때문이었다.

다시 말한다면 이것은 최강철의 싸움이기도 했지만 그들의 싸움이기도 했다.

물론 세계에서 유일하게 대한민국 국민만이 가지고 있는 엄청난 에너지가 최강철의 시합을 통해 발출된 것이기도 하다.

*   *   *

"와아! 와아!"

광화문에 카메라를 설치한 채 대형 와이드 비전을 지켜보던 BBC방송국 윌리엄은 옆에서 미친 듯이 떠들고 있는 NHK의 하야시를 바라본 후 고개를 돌렸다.

대영빌딩 옥상에는 그를 비롯해서 20여 개의 방송국이 대한민국에서 벌어지고 있는 미친 짓을 중계하느라 몰려든 상태였다.

물론 이게 다가 아니다.

반대편 건물에도, 옆 건물의 옥상에도 수많은 기자가 몰려들어 푸른 바다로 변해 버린 시가지를 촬영하느라 정신이 없었다.

"휴우!"

담배 연기를 길게 뿜어낸 윌리엄은 자신의 발밑에서 벌어지고 있는 엄청난 광경을 바라보며 고개를 절레절레 흔들었다.

어떻게 이런 일을 벌일 수 있을까.

광화문에 몰려든 인원은 추정이었지만, 백만이 훌쩍 넘고 있었다.

하지만 그것은 일부에 불과했고 이원 생중계로 보여준 전국의 모습에서 800만이란 숫자가 거리로 나왔다는 말을 듣고 입을 떠억 벌릴 수밖에 없었다.

미쳤다. 그래, 이 정도면 나라 전체가 완전히 미친 거다.

광화문에 몰려든 인파는 경기를 보면서 잠시도 가만있지 않았다.

최강철의 응원가로 알려진 노래들이 계속 광장을 쩌렁쩌렁하게 울렸고, 라운드가 끝날 때마다 응원의 거센 파도가 광화문을 휩쓸었다.

한바탕 축제다.

그 축제의 열기를 옆에서 지켜보는 것만으로도 저절로 흥분이 될 만큼 신나는 축제의 현장이었다.

방송을 끝내고 하야시가 다가온 것은 푸른 물결이 미친 듯 요동치고 있을 때였다.

화면에서는 최강철이 기회를 잡고 메이웨더의 안면을 향해 무시무시한 포격을 날리는 중이었다.

"윌리엄, 나도 담배 하나 주게."

"안 끊었어?"

"끊었지. 그런데 이 인간들 때문에 다시 피우게 되었어."

"왜?"

"난 작년에 파견이 끝나서 동경으로 돌아갔는데, 금년 들어 한국에서 계속 미친 짓을 벌이는 바람에 다시 왔어. 혼자서 살다 보면 담배 없이 살기가 힘들잖아? 안 그래?"

"그건 그렇지."

"넌 언제 돌아가냐?"

"난 단기 출장이라서 이틀 후면 떠난다. 너는?"

"나는 아무래도 당분간 돌아가지 못할 것 같아. 본사에서 일 년만 버텨달래. 그러면 진급시켜 주겠다나 뭐라나?"

"그러면 되잖아. 한국처럼 괜찮은 나라에서 1년 버티는 건 일도 아닐 것 같은데?"

"네가 몰라서 그래. 요즘 한국은 미쳤어. 사회가 완전히 비정상적이라고. 난 한국을 볼 때마다 눈이 팽팽 돌아갈 정도로 정신이 없어."

"왜?"

"너도 알잖아. 한국이 무섭게 변하고 있는 거. 얘들은 원래 유교사상에 빠져서 아무것도 못 하는 족속들이었어. 그런데 어느 날부터인가 정신이 완전히 새롭게 개조된 것 같아. 나는 그래서 이놈들이 싫어. 예전처럼 얌전한 강아지처럼 있어주면 좋겠는데, 워낙 미친놈처럼 뛰어다니니까 한국에 있으면 잠시도 쉴 틈이 없단 말이야."

"하긴 그렇기도 하겠다. 우리 BBC 한국 특파원들도 비슷한 소리를 하더라."

"이상해."

"뭐가?"

"우리 내각 조사실에 친구 놈이 있어서 언뜻 들었는데, 한국의 정신이 개조된 게 저놈 때문이라는 거야."

"저놈?"

윌리엄의 머리가 돌아갔다.

하야시가 보고 있는 건 화면에 비춘 최강철이었는데 그의 시선은 마치 괴물을 보는 것과 비슷했다.

무슨 뜻인지 모르겠다.

복싱선수가 한국인의 정신 개조와 무슨 관련이 있단 말인가.

"하야시, 저자가 특별하다는 건 알아. 정말 특이한 사람이지. 세계 최고의 부자이면서 복싱 영웅이기도 하니 어느 정도 이해는 가. 하지만 국민 전체의 정신 개조에 영향을 주었다는 건 이해되지 않는군."

"당연히 그렇겠지. 실은 나도 이해되지 않았으니까. 그런데 친구 놈 말을 듣고 보니 그럴듯하더구먼. 놈은 아주 오래전부터 재단을 설립해서 없는 사람들을 돕기 시작했어. 지금까지 봉사에 쏟아부은 돈이 5,000억이 넘어."

"그거야 나도 알지. 워낙 유명한 일이라서 전 세계인이 전부 알고 있을걸."

"재밌는 건 저놈이 정부를 도와 많은 캠페인을 벌였는데 청소년의 성문화 개선, 금연, 학교폭력 등 사회 전반의 문제에 관한 것이었어. 그런데 말이야, 웃긴 건 대한민국 국민이 저놈 말이라면 무조건 들어준다는 거야. 과거에는 아무리 떠들어도 콧방귀조차 뀌지 않았는데 최강철 저놈이 텔레비전에 나와서, 또는 길거리에서 이야기하면 전폭적인 지지를 보내준다고."

"음, 그 소리는 처음이네."

"고아의 숫자가 급격하게 줄어들고 한국에서 학교폭력이 완전히 사라진 건 오로지 저놈 영향 때문이었단다. 그 외에도 한국의 고질적인 문제들이 저놈 때문에 상당 부분 개선되었대."

"나는 대한민국 경제가 폭발적으로 확장된 이유가 최강철 때문이란 소리는 들었다. 최강철 저놈이 가지고 있는 천문학적인 돈이 강력한 엔진으로 작동되면서 대한민국 경제 전체를 비상시키고 있다는 거였어. 현재 벌어지고 있는 남북 경제 협력도 저놈 작품이라더구만."

"맞아, 그래서 그래. 하지만 저놈의 영향력은 단순히 돈 때문만은 아니야. 저놈이 마이다스 CKC의 주인이란 사실이 알려지기 전부터 한국 국민들은 저놈이라면 사족을 쓰지 못할 정도로 좋아했거든."

"국가의 아이콘인 거지. 한국 국민은 최강철을 보고 영웅이라고 한다잖아. 자네들이 천황을 영웅시하는 것처럼."

"이봐, 어디서 최강철을 우리 천황님과 비교해? 말조심해, 이 자식아!"

"내가 봤을 때 그게 그거구만 뭘 그러나. 어, 어, 어……!"

불끈 화를 내는 하야시를 바라보며 쓴웃음을 짓던 윌리엄이 말도 제대로 잇지 못하다가 급하게 마이크를 찾았다.

그것은 윌리엄을 노려보던 하야시도 마찬가지였는데, 대형 화면에서 최강철이 메이웨더를 쓰러뜨리자 푸른 물결이 동시에 뛰어올랐기 때문이다.

지진이 난 것처럼 빌딩이 흔들려 난간을 잡고 겨우 버텼다.

백만 명이 동시에 방방 뛰자 건물이 부들거리며 계속 진동했기 때문에 옥상에 있던 기자들이 전부 허리를 숙인 채 살기 위해 발버둥 쳤다.

*　　　　　*　　　　　*

　최강철은 레퍼리가 카운트를 중단하고 메이웨더의 입에서 마우스피스를 빼는 걸 지켜보다가 두 팔을 번쩍 쳐들어 관중들에게 자신의 승리를 확인시켜 주었다.

　윤성호와 이성일은 미친 듯 뛰어와 그를 안고 기뻐하며 팔짝팔짝 뛰었다.

　어째 나이가 들면 더 멋있게 변해야 하는데 오히려 예전보다 더 촐싹거리는 것 같다.

　최강철은 이성일이 대가리를 들이미는 걸 손바닥으로 강하게 저지했다.

　그건 어렸을 때나 하는 거지 불혹이 훌쩍 넘은 나이에 그런 짓을 하면 전립선에 좋지 않기 때문이다.

　"왜, 이 자식아!"

　"야, 지영 씨가 기다려. 난 이번에 돌아가면 둘째 꼭 만들어야 해."

　"지랄한다. 그게 이것과 무슨 상관이야?"

　"니 대가리가 너무 딱딱해서 잘못하면 전립선에 문제가 있을 수 있어."

　"흐으……."

　최강철이 웃으면서 자신을 둘러싼 사람들을 천천히 밀쳐냈다.

그러고는 이제 겨우 정신을 차리며 일어서는 메이웨더를 향해 다가갔다.

손을 들어 어깨를 두들겨 주자 메이웨더의 입에서 거친 음성이 튀어나왔다.

"내 몸에 손대지 마, 이 늙은이야!"

"그 자식 성질부리기는."

"방심해서 당했을 뿐이야. 다시 붙자. 다시 붙으면 반드시 내가 이긴다. 그땐 정말 곤죽을 만들어주마."

"어린 새끼가 주둥이만 살아서. 이럴 줄 알았으면 세워놓고 정신이 개조될 때까지 팰 걸 그랬다. 어이, 메이웨더. 정신 차려, 이 자식아. 너는 네가 최고라고 생각하겠지만, 내가 봤을 때 너는 내가 상대한 선수 중에 중간 정도밖에 되지 않았어. 그러니까 앞으로는 그 실력 가지고 어디 가서 함부로 나대지 마라. 그러다 죽는 수가 있어."

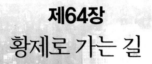

제64장
황제로 가는 길

최강철은 시합을 끝낸 후 대통령과 약속한 대로 급히 대한민국으로 돌아왔다.

돌아오는 길은 쉽지 않았다.

미국의 언론이 최강철의 귀국을 막으며 방송에 출연해 달라고 요청했고, 오바마를 비롯하여 미국의 유력한 정치인들, 그리고 경제계의 인사들까지 그를 만나기 위해 줄을 서 있었기 때문이다.

그럼에도 최강철은 반드시 만나야 할 사람들하고만 시간을 가진 후 단 삼 일 만에 비행기에 올라탔다.

인천공항에 도착하자 공항 전체가 그를 기다리는 사람들로 가득 차 있었다.

대한민국은 복싱 역사에 또다시 커다란 족적을 남기고 돌아온 그를 그냥 내버려 두지 않았다.

국민들이 돌아온 그의 모습을 보고 싶어 했기에 어색했지만 어쩔 수 없이 오픈카를 타고 공항에서 시청까지 카퍼레이드를 펼쳤다.

예전 현역 시절에 하던 카퍼레이드와 기분이 달랐고 국민들의 반응도 달랐다.

시청에는 대통령을 비롯하여 대한정의당의 대표와 심지어 '민주연합'의 당대표 최철한까지 자리를 함께해 그를 기다리고 있었다.

하지만 진짜 그를 놀라게 한 건 광화문 전체를 둘러싸고 있는 시민들의 행렬이었다.

시민들은 최강철을 보기 위해 이른 아침부터 광화문으로 몰려들었는데, 그 숫자가 5만 명을 훌쩍 넘고 있었다.

*　　　　*　　　　*

시간은 빠르게 흘러갔다.

돌아온 지 불과 10일 만에 대통령은 최강철을 국무총리에

앉힌 후 통일부 장관을 겸임케 만들었다.

대한민국 정부 역사상 최초의 일이지만, 국민들은 대통령의 선택에 반대하지 않았다.

국민들은 최강철에 관한 일이라면 어떤 것도 용인할 의향이 있는 것 같았다.

대통령이 국무총리에 그를 지명한 것은 여전히 풀리지 않는 수도권 분산정책 때문이었다.

그만큼 어려웠다.

사회 전반에 걸쳐 반대 여론이 형성된 수도권 분산정책을 움직이기 위해서는 최강철의 힘이 어느 때보다 필요했다.

최강철은 국무총리에 임명된 후 각종 대담 프로그램에 출연하여 수도권 분산정책의 필요성을 역설했다.

향후 대한민국의 영광스러운 발전을 위해서는 수도권 분산정책이 반드시 필요하다는 게 그 요지였다.

"그럼 수도권에 사는 사람들의 피해는 어쩔 생각입니까? 학교, 공기업, 그리고 대기업 본사의 이전으로 인해 발생하는 문제들은 또 어쩔 겁니까? 애꿎은 직장인들이 두 집 살림을 하느라 허리가 휠 것이고, 가족들과 떨어져 살게 될 겁니다. 총리께서는 이런 문제점들이 산적되어 있다는 걸 모르십니까?"

대담 프로그램의 상대로 나온 '민주연합'의 손영두가 강한 논조로 따져 물었다.

그는 이번 수도권 분산정책의 저격수로 활약하고 있었는데 갖가지 문제점에 대해 통계자료까지 들먹이며 최강철을 압박했다.

그러나 최강철은 전혀 그의 반격에 당황하지 않았다.

"알고 있습니다. 하지만 그것은 당분간 발생하는 작은 문제에 불과합니다. 주요 대학들이 전부 지방으로 이전하게 되면 교육 때문에 사람들은 서울에 사는 걸 고집하지 않을 겁니다. 두 집 살림이란 것도 마찬가지입니다. 왜 가족들이 생이별을 하면서 고생을 한단 말입니까. 그것은 서울과 수도권에 살아야 한다는 강박관념에서 비롯된 것입니다. 의원님, 우린 작은 문제에 연연해서는 안 됩니다. 미국과 영국 등 선진국들의 예를 보십시오. 그들은 유수한 대학들이 국토 전역에 뿌리를 내린 채 좋은 학생들을 유치하고 있습니다. 그리고 공기업과 주요 그룹들의 핵심 기업 역시 마찬가지입니다. 우린 미국보다 훨씬 국토의 면적도 작으면서 수도권에 인구의 절반이 살고 있습니다. 만약 이러한 현상을 방치한다면 지방은 점점 공동화현상이 발생해서 국토의 상당 부분이 사람이 살지 않는 땅으로 변하게 될 것입니다."

"강제로 국민을 지방으로 이주하는 정책은 민주주의 원칙에 위배되는 것입니다. 총리님, 생각해 보십시오. 서민들은 힘들게 집을 마련해서 살고 있습니다. 그런 사람들이 누군가의 외압에 의해 자신의 재산이 반 조각 난다면 누가 책임지겠습니까? 수도권에 살고 있는 2천 5백만의 국민은 절대 수도권 분산정책에 찬성하지 않을 거예요. 이러한 문제가 먼저 해결되어야 가능한 이야깁니다."

"의원님이 잘못 생각하고 계신 게 있습니다. 우리나라의 수도권 평균 집값은 지방 소도시의 세 배에 육박합니다. 특히 일부 지역의 집값은 상상조차 할 수 없을 정도로 비쌉니다. 과연 이런 현상이 바람직하겠습니까? 앞으로 우린 이런 현상을 변화시켜 나가야 합니다. 요즘 젊은이들은 수도권에서 집을 살 엄두조차 내지 못하고 있습니다. 결혼을 해서 행복한 결혼 생활을 영위해야 함에도 집 때문에 결혼을 미루거나 포기하는 현상이 사회 전반에서 일어나고 있습니다. 저는 젊은이들이 행복하게 살 수 있는 나라를 만들어줘야 한다고 생각합니다. 정부가 수도권 분산정책을 강행하는 이유는 누군가를 희생시키기 위함이 아니라 국가의 백년대계를 먼저 생각했기 때문입니다. 국토가 균형적으로 발전해야 대한민국은 더욱 탄탄한 기초 아래 번영의 길로 나아갈 것입니다."

"이보세요, 총리님. 그런 번지르르한 말로 국민들을 현혹하지 마세요. 현실을 외면하지 말란 말입니다."

"정말 제가 국민들을 현혹시키고 있다고 생각하는 겁니까?

의원님, 저는 의원님께 이 말씀을 드리고 싶습니다. 의원님이 생각하는 정의가 무엇이든 먼저 국가를 생각해 주길 바랍니다. 국가는 어느 특정 계층, 특정 지역, 특정 지위에 있는 사람들만 잘살게 되는 순간 패망의 길로 접어들게 됩니다."

＊　　　＊　　　＊

최강철이 전면에 나서서 국민들을 설득하고 직접 국회로 나가 수도권 분산정책의 타당성을 지속해서 설명하자 지금까지의 반대 기조가 점점 찬성 쪽으로 가닥을 잡아나갔다.

먼저 지방이 움직여 정부의 정책에 강력한 찬성표를 던졌고, 그런 분위기는 점점 수도권으로 번졌다.

정부에서 추진하는 정책이 너무나 체계적이고 현실적이었으며 가슴에 와닿았기 때문이다.

최강철은 이주 정책에 앞장서는 대학과 공기업, 그리고 기업에 각종 혜택을 주는 대신 정책에 반대하는 자들에겐 가차 없이 창을 겨누었다.

명문 대학교로 꼽히는 유수한 대학들이 지방 이전을 반대하며 학생들을 동원해서 시위까지 벌였으나 최강철은 꿈쩍도 하지 않았다.

대신 그는 시위를 벌이는 학생들을 찾아가 직접 설득하는 방법을 택했다.

"학생 여러분, 여러분께서는 학교가 지방으로 이전했을 때 혹시 삼류 대학으로 전락할 거라 생각하시는 겁니까? 여러분의 모교가 조금이라도 피해를 보는 게 두려워 이렇게 시위에 나선 것인가요? 사랑하는 학생 여러분, 여러분은 대한민국의 미래이자 희망입니다. 저는 여러분이 작은 인연과 이득에 연연해서 잘못된 선택을 하지 않길 간절히 바랍니다. 여러분은 젊습니다. 끝없는 도전으로 인생을 개척하고 사회와 국가를 위해 노력해야 됩니다. 저는 학생 여러분을 선동해서 자신의 안위를 지키고자 하는 기성세대가 부끄럽습니다. 학생 여러분, 이제 우리는 학연에 얽매여 살아가는 시대를 버려야 합니다. 학생 여러분이 있는 곳에서 희망의 끈을 찾으십시오. 그러기 위해서는 올바른 판단과 가치관, 그리고 용기가 필요합니다. 저는 여러분이 미래를 위해 정진해 주시기를 간절히 부탁드립니다."

*   *   *

누군가의 힘이 사회를 이끌어간다면 그는 영웅이라 불릴 자격이 충분하다.

그런 면에서 봤을 때 최강철의 활약은 눈부실 정도였다.

그는 야당 의원들을 일일이 찾아다니며 정책의 필요성을 설명했고, 정책에 반대하는 시민 단체를 찾아가 설득해 기어코 수도권 분산정책을 통과시켰다.

학생들은 최강철이 학교로 찾아간 이후 시위를 멈추고 학업에 복귀했다. 서울과 수도권의 국민들은 오히려 수도권 분산정책을 찬성했다.

정부의 움직임은 빨랐다.

미리 준비한 대로 정부는 대학과 공기업, 주요 그룹의 이전 도시를 결정했고, 즉각 건물을 짓기 시작했다.

필요한 예산은 정부에서 지원했기 때문에 이전 작업은 빠르게 진행되었다.

최강철은 국무총리를 맡은 이후로 굵직한 정책들을 연이어 발표했다.

그가 추진한 정책 중에 가장 큰 것은 바로 출산장려정책과 노령화에 대비한 노인복지에 관한 것이었다.

경제적인 문제 때문에 젊은이들이 출산을 꺼리는 걸 해결하기 위해 최강철은 다자녀가구에 혜택을 주는 정책을 강력하게 추진했다.

둘째부터는 고등학교까지 완전 무상으로 다닐 수 있도록 조치했고, 셋째부터는 대학 무상교육과 매달 50만 원의 지원금을 지급한다는 것이었다.

또한 65세 이상의 불우한 노인에게 매달 100만 원씩의 생활자금을 지급하는 정책을 수립했다.

자식들에게 버림받거나 각종 다른 이유로 혼자 사는 노인들이 대상이었다.

일각에서는 복지 포퓰리즘이라며 반대를 외쳤으나, 최강철은 강하게 정책을 추진해 나갔다.

충분했다.

지금 대한민국 경제는 세계시장을 휘저으며 성장하는 중이었기에 국고는 충분했고, 복지에 예산을 쏟아부을 정도로 충분한 여유가 있었다.

현재 대한민국은 세계 5위의 경제대국으로 성장한 상태였고, 발전 가능성은 무궁무진했다.

피닉스그룹을 필두로 수많은 기업이 첨단기술 분야에서 독보적인 지위를 확보하며 전진하고 있는 중이었다. 세계는 대한민국의 약진을 두려운 눈으로 지켜보고 있었다.

외환보유고는 5,000억 달러가 넘었으며, 수출 금액은 일본을 턱밑까지 추격한 상태였다.

정부 정책과 별도로 최강철은 비룡과 피닉스그룹의 일에도 바짝 신경 썼다.

그가 가장 관심을 기울인 것은 국방 분야와 신기술 분야였다.

모든 것은 투자로부터 비롯된다.

마음껏 새로운 아이디어를 개발하고 실현하기 위해서는 그를 뒷받침할 수 있는 돈이 있어야 가능하다.

최강철은 국방 분야와 신기술 분야에 투자를 아끼지 않았다.

매년 천문학적인 돈을 투자했는데 연구진이 필요로 하는 실험 장비는 물론이고 인재들의 스카우트에 돈을 퍼부었다.

그 결과가 서서히 현실로 나타나고 있었다.

비룡에서는 차세대전투기 '불사조—3'와 전폭기 '삼족오—2', 공중급유기, 조기 경보기까지 개발을 추진하고 있었는데 벌써 시험 비행에 들어간 상태였다.

거기에 사거리 5,000㎞의 미사일이 개발되어 실험 대기 중이었고, 인공위성을 쏘아 올리기 위한 준비도 착실히 진행되고 있었다.

피닉스조선에서는 세 척의 이지스함이 건조 완료되어 내년 상반기에 진수되는데, 앞으로도 향후 5년 동안 15척이 더 진수되는 것으로 예정되어 있었다.

첨단무기가 탑재된 이지스함은 전부 9,000톤급으로 세계 최고 수준의 구축함이었다.

거기에 더불어 핵잠수함까지 개발하는 중이었기에 향후 10년 이내 동아시아 최강의 해군력을 구축할 수 있을 것이다.

하지만 진짜는 피닉스조선에서 항공모함을 준비 중에 있다는 것이다.

핵 원자로로 추진되는 배수량 11만 톤급 함재명 '광개토대
제'는 3차원 대공 탐색 레이더, AN/SPQ-9B 목표물 획득 레
이더, AN/SPN-43B 항공관제레이더, 4×Mk 91 NSSM 유도시
스템 등 최신 장비가 장착되었고, 3,500명의 승조원이 탑승할
수 있는 매머드급 항공모함이었다.

피닉스조선에서 최신예 구축함들을 계속 생산하는 것도 완
벽한 항공모함 편대를 구축하기 위함이었다.

정부에서 발주한 사업들도 있지만, 대부분 최강철이 단독으
로 움직이는 것이었다.

특히 핵잠수함과 항공모함의 건조는 정부에서 발주하지 않
았음에도 최강철이 결정했는데 나중에 반드시 필요하다는 판
단을 내렸기 때문이다.

하긴, 다른 것들도 마찬가지다.

공중급유기를 비롯해서 조기 경보기, 인공위성 추진 사업
들도 정부와 사전 교감은 있었지만, 대부분 최강철이 먼저 투
자해서 진행되는 사업이었다.

            *   *   *

돈 들어갈 곳이 점점 많아졌다.

워낙 거대한 투자가 진행되고 있었기 때문에 미국과 대한민국에서 벌어들인 돈으로도 자금이 부족한 경우가 발생했다.

특히 미사일과 항공, 해군력 증강을 위해 매년 천문학적인 돈이 들어가고 있었기에 마이다스 CKC를 운영하고 있는 클로이와 신규성이 매일 징징거릴 지경이었다.

더군다나 북한 쪽에도 천문학적인 투자가 지속되어야 하기 때문에 돈 들어갈 곳은 천지였다.

이제 경제 공동 구역은 활기로 가득 차 생산된 물품들이 세계로 흘러 나가는 중이었고, 공단의 규모도 점점 확대되고 있었는데 워낙 임금이 쌌기 때문에 30여 개의 외국 기업까지 들어온 상태였다.

서울과 평양을 잇는 고속도로는 준공 단계에 이르렀고, 철도도 내년이면 개통이 예정되어 있었다.

북한 전역에 설치되고 있는 자치구도 완성 단계에 돌입되어 있었다.

남한 측에서는 이미 50여 개의 기업이 내년부터 생산에 들어가기 위해 준비 팀이 파견되어 있었는데, 자치구에는 퇴역한 북한 군인들이 공장을 짓는 데 투입되어 있는 상태였다.

최강철은 자금이 부족하다는 클로이의 말을 듣고도 꿈쩍하지 않았다.

그가 국방 사업에 투자하는 돈은 매년 100억 달러가 넘었지만, 충분히 버틸 수 있었고 자금을 확보할 방법도 부지기수였다.

그중의 하나가 암호 화폐 비트코인이었다.

최강철은 2009년부터 비트코인을 쓸어 담기 시작했고, 2010년 상반기까지 2백만 개를 확보했다.

비트코인의 총량이 2,100만 개에 불과했으니 무려 10%나 확보한 것이다.

하지만 최강철은 신규성에게 계속해서 비트코인을 확보하라고 지시를 내렸다.

신규성은 전혀 쓸모없는 비트코인을 확보하란 지시에 의문을 나타내면서도 계속 물량을 확보해 나갔다.

누구보다 최강철을 잘 아는 사람이었으니 무언가 다른 속셈이 있을 거란 판단과 그리 큰돈이 들어가지 않는단 이유 때문이었다.

정우석 대통령이 집권한 8년.

그동안 대한민국은 수많은 변화를 겪으며 세계 중심 국가로 발돋움해 왔다.

수많은 정책이 시행되었고, 국민들의 의식은 성숙해질 대로 성숙하여 진정한 민주주의가 뿌리 내린 지 오래였다.

대한민국이 다시 들썩이기 시작한 것은 정우석 대통령의

임기가 불과 석 달 남짓 남았을 때다.

드디어 최강철이 대한정의당의 대통령 후보로 선출되며 모든 공직을 사임했기 때문이다.

*　　　　*　　　　*

"회장님, 지지율의 격차가 20% 이상 납니다. 이번 선거는 충분히 이길 수 있을 것 같습니다."

"그럼요. 이제 본격적으로 선거운동이 시작되면 더욱 벌어질 겁니다. 국민들은 회장님이 국가를 위해 하신 일들을 너무나 잘 알고 있습니다."

선거 캠프에 모인 신규성과 김도환이 열띤 시선으로 최강철을 바라보았다.

최강철은 공식 선거운동이 시작되기 전 마지막으로 시행한 여론조사에서 경쟁자인 민주연합 후보 이정동보다 훨씬 앞선 지지율을 보였다. 상황이 좋았기 때문에 두 사람의 얼굴에도 자신감이 흘러넘치는 것이다.

이곳은 대한정의당의 공식 캠프가 아니라 최강철의 비밀 캠프로서 경쟁자에 대한 지지층 분석과 네거티브 전략에 대한 대응 방안, 선거 비용 및 비공식 지지 단체에 대한 지원 등 핵심 업무를 맡아서 시행하고 있었다.

공식 캠프에서는 공약 사항 등을 전담하고 향후의 유세 일정 등을 책임졌지만, 실질적으로 선거에 필요한 것은 비밀 캠프에서 전부 관리했다.

양당 체제가 자리를 잡은 이후 예전에 비해 대통령 출마에 나선 사람의 숫자는 대폭 줄어들었는데, 이번 대선에는 불과 5명만 출마했다.

하지만 나머지 무소속 3명은 그저 이름만 걸었을 뿐이고, 진짜 대결은 대한정의당의 최강철과 민주연합 이정동의 싸움이었다.

이정동은 3선 국회의원 출신으로 최근까지 서울 시장을 역임한 인물이다.

정우석 대통령이 이끄는 정권 속에서 민주연합 소속의 그가 서울 시장을 연임한 것은 그의 경영 능력이 뛰어났기 때문인데, 그가 연임한 8년 동안 서울은 확연한 변화를 보이며 빠르게 발전했다.

서울 시민들의 그에 대한 신뢰는 상당히 깊었기에 만약 그가 차기 서울 시장을 노렸다면 무난하게 3선에 성공했을 것이다.

문제는 그가 최강철이 추진한 수도권 분산정책에 맞서 오랫동안 필사적으로 싸웠다는 것이다.

서울 시장이란 신분을 지닌 그로서는 당연한 일이었기 때문에 서울과 수도권의 많은 사람이 그의 노선을 강력하게 지지했다.

그럼에도 수시로 벌어진 여론조사에서의 격차는 컸다.

그만큼 최강철에 대한 국민의 신뢰와 인기가 그보다 훨씬 높았기 때문이다.

최강철은 두 사람의 자신감을 보면서 빙그레 웃음 지었다.

이 두 사람은 벌써 30년 가까운 인연을 갖고 있지만 아직도 자신을 괴물처럼 생각한다.

"아닙니다. 민주연합의 이정동 후보는 결코 만만한 사람이 아닙니다. 그는 최근 활발한 시정 활동과 폭넓은 대인관계로 국민들에게 인기가 많은 사람이에요. 더군다나 그분에게는 연륜이 있습니다. 오랜 공직 생활과 정치 경험으로 대한민국을 이끌어 나가기에 부족함이 없는 사람입니다."

"아니, 회장님. 무슨 소릴 하시는 겁니까? 왜 적을 칭찬하고 그러세요, 기분 나쁘게?"

"하하, 그렇다는 거죠. 우리 국민들은 아직 나이에 대한 고정관념 같은 게 있잖아요. 제 나이는 마흔일곱 살에 불과합니다. 국민들께서 보기에 아직 어리다는 생각을 가질 수 있습니다."

"나이로 정치합니까? 능력으로 하는 거죠. 회장님은 그동안 남북 관계를 원만히 해결하셨고, 수많은 정책을 추진해서 대한민국을 발전시켜 왔어요. 사람들은 압니다. 비록 모든 업적은 정우석 대통령이 가져갔지만, 그 뒤를 받치고 있던 건 회장님이란 사실을 말입니다. 국민들은 현명합니다. 절대 회장님을 앞에 두고 이정동을 선택하지 않을 겁니다."

"그러기를 바랄 뿐이죠. 하지만 선거는 수많은 변수가 있기 때문에 어떤 일이 벌어질지 몰라요. 아시겠지만 미국과 중국, 일본의 움직임이 심상치 않아요. 그들은 내가 대통령에 오르는 걸 바라지 않고 있습니다."

"음, 그놈들이 이정동을 은밀하게 지원하고 있는 건 사실입니다. 우리 제우스 쪽에 놈들의 움직임이 여러 번 포착되었어요. 놈들은 회장님을 비롯해서 대한정의당의 의원들까지 샅샅이 훑고 있습니다. 조금이라도 걸려들면 죽이겠다고 덤벼들 겁니다."

"저는 그게 걱정됩니다. 만약 그들이 없는 사실을 만들어낸다면 곤란한 상황이 생길 수 있어요."

"회장님은 부정, 비리와 전혀 상관이 없잖습니까. 사생활도 깨끗하시고요. 그놈들이 아무리 지랄해도 찾아낼 게 없을 텐데요?"

"아닙니다. 문제는 만들면 만들어지는 것이에요. 당장 그들이 북한과의 관계를 왜곡해서 들고 나오면 국민들은 금방 혼란 속에 빠져들 겁니다. 저와 북한 지도층의 은밀한 거래가 있다는 공격을 해오거나 피닉스그룹에 대한 특혜 사실들을 꺼내 들어 떠들 수도 있어요. 그러니 모든 것을 준비해 놔야 합니다."

"이미 다른 건 어느 정도 준비해 놨습니다. 하지만 북한과의 관계에 대해서는 곤란하군요. 없는 사실을 만들어낸다면 뭐라 대응해야 할지 모르겠습니다."

"만들어내는 게 누구냐에 따라 달라지겠죠. 만약 전통 우방인 미국에서 문제를 제기해 온다면 심각해질 수 있어요. 그들은 지금 저에 대한 감정이 무척 안 좋은 상태입니다."

"도대체 그 새끼들은 왜 회장님을 씹는답니까?"

"미국의 방산업체에서 필사적으로 달려들고 있습니다. 우리 쪽에서도 막고 있지만 아무래도 가재는 게 편이 될 수밖에 없죠. 우리나라는 미국 무기를 세계에서 가장 많이 수입했지만 제가 정부에 들어가면서부터 반토막이 났습니다. 그리고 지금 추세로 계속 진행된다면 조만간 우리는 대부분의 무기를 국산화할 수 있습니다. 그들은 그걸 막기 위해 저를 죽이고 싶어 하는 겁니다."

"씨발 놈들이네요. 무기 팔아먹자고 남의 나라 대선에 관여한단 말입니까!"

"그게 정치지요."

"오바마는 회장님과 오랜 친구잖습니까?"

"국가를 경영하는 사람은 개인적인 친분에 연연하지 않습니다. 오바마는 미국의 대통령으로서 자국의 이익을 먼저 생각할 수밖에 없습니다. 저 역시 그런 위치에 있다면 당연히 그렇게 행동하게 될 겁니다. 그리고 오바마보다 그 밑의 참모들이더 날뛰고 있어요. 제가 알기로 미국 국무장관과 국방부 장관, 그리고 CIA 국장까지 전부 제가 대통령이 되는 걸 원하지않습니다. 미국의 이익을 위해서는 저보다 이정동 의원이 더편하기 때문입니다."

"이정동 의원도 만만치 않은 사람인데 그 새끼들은 이정동을 꼭두각시라고 생각하는 모양이군요."

"이정동 의원은 신념이 있는 사람입니다. 그러나 그들에게약점이 잡히면 어쩔 수 없게 됩니다. 저는 막대한 자본을 지녔지만 그분에게는 없기 때문이죠. 다시 말해서 누군가의 도움이 절실하다는 뜻입니다. 저는 대한민국이 미국의 손에 좌지우지되는 걸 원하지 않습니다. 그래서 제가 대통령이 되어야 합니다. 우리나라는 외세의 입김에 절대 굴하지 않는 강력한 대통령이 필요하니까요."

"되실 겁니다. 우리나라 국민들은 절대 어리석은 선택을 하지 않을 겁니다. 아무리 험난한 일이 눈앞에 닥쳐도 저희가해결해 나가겠습니다. 필요하다면 어떤 일이라도 해내겠습니다. 회장님은 그저 자리만 지키십시오. 모든 칼은 제가 휘두르겠습니다. 저는 제우스가 가지고 있는 모든 힘을 동원해서 필요하다면 전쟁이라도 치를 각오가 되어 있습니다. 어떤 개새끼가 와도 상관없어요. 회장님은 대통령이 되셔야 합니다. 그래서 비상하는 대한민국을 세계 최고의 국가로 이끌어 나가셔야 합니다."

김도환의 눈에서 불꽃이 튀는 것 같다.

그의 눈에 담긴 결의는 대단했는데 정말 필요하다면 사람이라도 죽일 것 같은 의지가 담겨 있었다.

그랬기에 최강철은 부드럽게 웃으며 그의 손을 잡았다.

"사장님, 사람에게는 운명이란 게 있습니다. 억지로 일을 만들면 더욱 큰 고난과 시련이 다가오죠. 우린 그저 최선을 다하면 됩니다. 그러면 하늘이 좋은 결과를 가져다줄 겁니다."

*   *   *

대통령 공식 선거운동이 시작되자 대한민국은 또다시 열풍에 사로잡혔다.

국민 영웅인 최강철이 대한민국을 이끌기 위해 출마했다는 것 자체부터가 국민들에게는 거대한 흥분을 안겨줬기 때문이다.

아직 국민들은 최강철이 대한민국의 군사 전력을 끌어올리기 위해 해온 일들을 알지 못한다.

비룡과 피닉스조선, 피닉스중공업에서 개발하고 있는 무기는 전부 국가 기밀 사항이기 때문이다.

그럼에도 국민들은 최강철이란 개인이 해온 일에 열광했다.

세계 최고의 부호, 복싱 역사에서 누구나 인정하는 최강의 전사, 국무총리와 통일부 장관을 역임하면서 그가 추진해 온 일들은 대한민국의 자존심과 영광을 지키기에 충분한 것이었다.

최강철이 움직일 때마다 수많은 군중이 운집했다.

그들은 최강철이 연단에 올라 대한민국의 희망찬 미래에 대한 포부를 밝힐 때마다 열광하며 환호를 보내주었다.

하지만 대통령 선거란 특수성은 최강철의 예상대로 수많은 변수를 만들어냈다.

그중 하나가 최강철이 실소유주로 있는 피닉스그룹의 특혜에 관한 것이었다.

보수언론을 중심으로 많은 언론이 남북경협 과정에서 피닉스그룹이 받은 혜택에 대해서 집중적으로 다뤘는데, 최강철이 통일부 장관이란 지위를 이용해 사적인 이익을 취했다는 것이다.

가담한 언론은 보수언론뿐만 아니라 그동안 최강철에게 우호적이었던 언론도 꽤 많았다.

마이다스 CKC와 제우스가 언론과 긴밀한 관계를 유지해 온 것을 감안한다면 이해가 되지 않는 일이었다.

그랬기에 금방 막대한 힘을 지닌 어둠의 세력이 움직이고 있다는 판단이 내려졌다.

언론은 남북경협이 진행되는 과정에서 피닉스그룹이 위험을 감수하며 선투자를 해왔다는 걸 잘 알면서도 그런 사실에 관해서는 전혀 언급하지 않고 오직 피닉스그룹이 수의로 계약한 공사 건과 혜택에 대해서만 집중적으로 보도했다.

국민들이 봤을 때 오해하기 딱 좋은 내용이었다.

휴전선 경계에 마련된 5개의 경제 공동 구역, 고속도로 및 철도 건설, 북한 쪽에 마련된 5개의 자치구를 건설하며 피닉스그룹은 5조에 가까운 혜택을 받았다는 것이 보도의 초점이었다.

언론이 떠들면서 인터넷에도 최강철을 비난하는 글이 폭주했다.

댓글의 상당수는 최강철의 이중성을 비난하며 비리에 연루된 자가 대통령이 되면 안 된다는 논리를 펼쳤다.

대한정의당이 먼저 움직였고 정부와 마이다스 CKC, 그리고 김도환이 이끄는 제우스가 반격을 가했다.

남북경협 당시 피닉스그룹이 얼마나 큰 희생을 감수하며 정부에 협조했는지를 강조하는 내용이었고, 언론이 보도한 내용을 조목조목 따져가며 특혜가 아니었음을 밝혔다.

그러나 보수언론의 추궁은 집요했다.

어떤 과정을 거쳤어도 피닉스그룹이 얻은 반사이익이 너무나 크다는 것이다.

현재 활발하게 움직이는 경제 공동 구역에서 피닉스그룹은 매년 3조 이상의 이익을 얻고 있으며 완공을 눈앞에 둔 자치구에서도 그 이상의 이익을 얻을 것이라는 게 그들의 주장이었다.

국민들은 혼란에 사로잡혔다.

자료를 제시하면서 최강철의 부정, 비리를 추궁하는 언론의 공세가 거듭될수록 여론은 찬반으로 갈려 인터넷을 뜨겁게 달궜다.

*   *   *

최강철은 언론의 공세 속에서도 꾸준히 유세 활동을 벌여나갔다.

어차피 예상한 일이었고 충분히 설득했으니 나머지는 국민들이 현명한 판단을 해줄 것이라 생각했기 때문이다.

대통령 선거가 10일 앞으로 다가왔을 때 청천벽력이 떨어졌다.

제주도에 계신 아버지가 아무런 사전 예고도 없이 잠자듯 운명하신 것이다.

나중에 알았지만 아버지의 사인은 심근경색이었다.

그동안 최강철의 강요에 의해 부모님은 매년 정기 건강검진을 받아왔지만, 병원에서도 심근경색만큼은 잡아내지 못했다.

모든 유세를 멈추고 제주도로 내려갔다.

병원에 도착했을 때 아버지는 이미 싸늘한 시신이 되어 그를 맞이했다.

"아버지!"

눈을 감은 아버지를 향해 몸을 던져 끌어안았다.

이럴 수는 없었다.

이렇게 아버지를 보내게 될 것이라고는 꿈에도 생각하지 못했다.

차갑게 식어버린 손을 붙잡았으나 아버지는 아무 말씀도 하지 않고 그저 눈을 감고 계셨다.

흘러내리는 눈물을 참지 못하고 통곡했다.

이러려고 다시 돌아온 게 아니다.

부모님께 하지 못한 효도, 그 어리석었던 전생의 삶.

언제나 자신을 지켜보며 말없이 믿어주던 아버지를 행복하게 해드리겠다고 얼마나 다짐했던가.

그러나 그 다짐은 공염불이 되어 아버지의 마지막도 지켜드리지 못했다.

"아버지, 아버지, 죄송합니다!"

최강철의 통곡이 끊임없이 영안실에 울려 퍼졌다.

그의 몸부림은 그만큼 처절했고 보는 사람들로 하여금 그 아픔에 눈물짓게 만들었다.

"강철아, 그만혀."

"크윽, 어머니⋯⋯."

"아버지는 행복하게 가셨어."

"아닙니다. 아니에요. 제가 가시는 길도 지켜 드리지 못했는걸요. 저는 불효자식입니다. 여전히⋯ 저는 자식으로서의 도리를 다하지 못했어요."

"이눔아, 그러지 마러. 너 때문에 아버지가 얼마나 행복하게 살았는데 그런 소리를 혀. 텔레비전에서 너를 볼 때마다 아버지는 언제나 웃으셨다. 우리 아들이 또 장헌 일을 했다면서 행복하게 웃으셨어. 너는 효자여. 누가 뭐래도."

"그렇지 않아요. 가시는데 옆에⋯ 있어드리지 못했고 바쁘다는 핑계로 자주 내려오지도 못했어요. 그런 놈이 어떻게 효자입니까!"

어머니의 말씀에 또다시 감정이 치밀어 오르며 눈물이 샘솟듯 솟아났다.

아버지, 당신이란 커다란 우산은 저에게 언제나 다시 돌아갈 수 있는 푸근한 고향이었습니다.

저는 슬픕니다. 그리운 당신을 다시는 볼 수 없다는 이 현실이 아직도 믿어지지 않습니다.

아버지, 한 번만, 단 한 번이라도 좋으니 눈을 떠주세요.

제가 마지막 인사를 할 수 있게 해주세요. 제발······.

*　　　　　*　　　　　*

최강철의 부친상을 맞이한 제주도는 발칵 뒤집혔다.

대통령 선거를 불과 10일 앞둔 시점이었으나 대한민국의 유력 인사들이 전부 제주도로 몰려들었다.

정우석 대통령이 날아왔고, 정부의 주요 인사들과 대한정의당의 국회의원들, 그리고 민주연합의 대통령 후보 이정동과 야당의 국회의원이 모두 제주도를 찾았다.

그뿐만이 아니었다.

피닉스그룹의 사장단을 포함한 정재계 인사와 언론계는 물론이고 외국에서까지 수많은 인사가 몰려들었는데, 그중에는 최강철과 싸운 레너드와 듀란이 있었고 현재 미국 10대 기업에 들어간 시스코, 호리즌, 엠파이어의 CEO와 미국, 중국, 일본 등 세계 유력 국가의 특사들이 문상을 위해 찾아왔다.

일반인의 문상도 줄을 이었는데 전국 각지에서 날아온 사람들의 숫자는 상상을 초월할 정도였다.

그중 상당수는 문상을 하지 못했다.

워낙 많은 인파가 몰려들었기 때문에 장례식장이 그들을 다 소화해 내지 못했다.

최강철은 제주도에서 5일을 꼼짝하지 않았다.

정우석 대통령과 대한정의당의 수뇌부가 설득했고 김도환과 신규성이 수시로 찾아왔다. 그러나 최강철은 아버지의 곁을 떠나지 않았다.

수많은 사람들이 애를 태웠다.

선거일이 다가올수록 최강철은 점점 불리한 상황에 빠져들고 있었다.

그의 부친상으로 인해 잠깐 멈춘 언론의 공세가 다시 시작되었는데 점점 그 강도가 강해져 갔다.

결정적인 충격파가 국민들을 덮친 것은 최강철이 아버지를 보내 드리고 가족들과 함께 나머지 일을 상의하고 있을 때였다.

〈북한, 핵 개발 착수〉

〈북한은 남북경협에서 확보한 자금으로 핵 개발을 추진 중이며, 함경북도 문사리에서 1차 핵실험을 한 것으로 추정됨〉

〈남한 전역을 타격할 수 있는 대포동 2호의 개발이 끝났으며, 휴전선에서 물린 병력의 재진입 움직임이 있음〉

〈미국은 이런 북한의 움직임을 예의 주시하며 미드웨이 항공모함 함대를 급파한 상태임〉

〈북한의 움직임은 남북경협으로 군사 자금을 확보한 것이 가장 결정적이며, 강경파들의 주장에 의해 그동안 비밀리에 군사력을 키워온 것으로 추정됨〉

                    *   *   *

언론이 온통 난리가 났다.

방송에서는 미국 CNN에서 보내온 북한 관련 영상들이 송출되고 있었는데 문사리에서의 핵실험 장면과 미사일 발사 장면, 북한 병력의 이동 등이 담겨 있었고, 미국 정부의 대응이 상세하게 보도되었다.

사태는 걷잡을 수 없이 번져갔다.

남북경협 특혜로 시비 걸던 보수언론들이 최강철을 물고 늘어지기 시작했다.

이 모든 것이 정우석 정권에서 추진한 남북경협이 원인이었으며, 최강철이 모든 실권을 쥐고 움직인 장본인이란 것이다.

대한정의당 측은 멘붕 상태에 빠져들었고, 마이다스 CKC와 제우스도 손을 놓은 채 대처 방안을 찾지 못하고 허둥댔다.

이건 돈으로도, 인맥으로도, 정치로도 해결할 수 없는 일이었다.

선거 캠프에 있던 신규성과 김도환, 그리고 이창래는 텔레비전에서 거품을 물고 있는 이정동의 모습을 보면서 고개를 절레절레 흔들었다.

이창래는 MBC 사장 임기를 마친 후 2년 전 국회의원에 당선되었다.

이정동은 민주연합의 의원들을 대동한 채 긴급 입장을 표명하고 있었는데, 최강철에 대한 비난이 주 내용이었다.

북한의 군사력 증강은 최강철이 주도한 무분별한 협상이 벌인 참사란 것이다.

"씨발, 이거 큰일 났네요."

"비공식 여론조사에서 상당히 안 좋게 나왔어요. 이러다가는 자칫 위험할 수도 있습니다."

"얼마나요?"

이창래가 심각한 표정으로 말하자 신규성이 반문했다.

워낙 격차가 있었기 때문에 아직은 괜찮을 것이라고 생각했는데 언론통인 이창래가 부정적인 말을 하자 안색이 급격하게 흐려졌다.

"어제 조사한 결과에 따르면 상황이 역전된 것 같습니다. 격차는 별로 없지만 확실하게 불리해진 건 사실이에요."

"미치겠네."

"우리나라 사람들은 북한에 대한 공포심이 있습니다. 요즘 한참 남북경협으로 인해 화해 무드가 조성되었지만, 국민들 마음속에는 북한에 대한 나쁜 기억이 많거든요."

"그건… 그렇죠."

"이건 분명 미국의 작품입니다. 그놈들은 의도적으로 필름을 조작해서 방송국에 보내왔어요. 미국 정부가 나선 게 분명합니다."

"어쩌면 좋습니까? 해결할 방법이 있을까요?"

"지금으로서는 방법이 없습니다. 놈들은 결정적인 순간을 기다리고 있었던 것 같아요."

이창래의 대답에 그동안 잠자코 있던 김도환이 나섰다.

그는 제우스란 막강한 정보 조직을 운영하고 있었기 때문에 이창래가 한 말을 대부분 이미 알고 있었다.

"미국만 움직인 게 아닙니다. 우리 쪽 정보에 따르면 중국과 일본도 움직였어요."

"그 새끼들은 왜요?"

"이대로 그냥 두면 대한민국이 위협적인 존재가 될 테니까요. 놈들은 회장님이 대통령에 오르는 걸 결사적으로 막고 싶어 합니다. 지금 떠들고 있는 언론과 인터넷에서 미친 놈들처럼 회장님을 비난하는 자들 상당수가 놈들 작품이에요."

"그래서요? 이대로 그냥 당해야 된단 말입니까?"

"그럴 리가요. 회장님은 그렇게 만만한 분이 아닙니다. 이미 회장님은 이런 상황에 대비하고 계셨습니다. 곧 반격이 시작될 겁니다."

"회장님은 언제 올라오신답니까?"

"내일 올라오실 겁니다."

*   *   *

최강철은 발인을 마친 다음 날 서울로 올라가기 위해 어머니께 인사를 했다.

가족들의 표정은 밝지 못했다.

최강철이 제주도에 내려와 있는 동안 나쁜 소식이 계속 전해져 왔기 때문이다. 그래서 가족들도 좌불안석이었다.

대통령 선거에 출마한 동생을 보면서 얼마나 자랑스러워했던가.

가난한 집안에서 태어나 어렵게 살아오면서 이런 일이 생길 거라고는 꿈에도 생각하지 못했다.

고등학교에 들어갈 때까지 그저 그런 동생이던 최강철은 어느 날 문득 다른 사람이 되어 그들을 당황하게 만들었다.

복싱을 시작했고 전교 수석을 차지하더니 서울대에 입학하는 기적을 만들어냈다.

그리고 국가 대표를 거쳐 세계 챔피언으로 성장하며 국민 영웅이 되었다.

동생이었지만 최강철은 동생으로 여겨지지 않을 만큼 거대한 존재로 성장했다. 최근에는 대통령 후보까지 되면서 그들을 기쁨과 자랑스러움 속으로 몰아넣었다.

하지만 지금 이 순간, 그들의 마음은 두려움으로 인해 새카맣게 타들어가고 있었다.

특혜 시비에 이어 국가를 누란의 위기에 처하게 만든 주범으로 몰리며 최악의 상황까지 치닫고 있었다. 그래서 최강철을 바라보는 그들의 시선은 어둠 그 자체였다.

그러나 최강철은 그들의 시선을 받으면서 태연함을 잃지 않았다.

"형님, 어머니를 부탁드립니다."

"걱정하지 마라. 제주도가 정리되는 대로 내가 어머니를 모시고 올라갈게. 그러니까 너는 빨리 서울로 올라가. 나는 무슨 일이 있어도 너를 믿는다. 언론에서 지랄하는 건 전부 거짓말이야. 그게 어찌 네 책임이냐. 국가를 이 정도까지 만든 게 누군데 그런 소리를 해. 진실은 절대 변하지 않아. 사람들은 널 배신하지 않을 거다."

"분명 그럴 겁니다."

최강철이 빙그레 웃으며 큰형의 얼굴을 바라보았다.

큰형은 아버지가 돌아가신 후 정말 많이 울었다.

모든 시선이 자신에게 몰렸기 때문에 사람들은 인지하지 못했지만, 큰형은 사람들이 보지 않는 곳에서 허리를 부여잡고 수시로 눈물을 터뜨렸다.

가난한 집안의 장남으로 태어나 아버지의 고생을 누구보다 많이 봐왔기에 큰형의 슬픔은 자신보다 훨씬 더했을 것이다.

시선을 돌려 어머니를 바라봤다.

어머니는 아버지가 돌아가셨어도 의연한 태도를 잃지 않으셨고, 수시로 최강철에게 올라가라며 등을 떠밀었다.

국가의 중요한 일을 하는 사람은 가정일에 연연하면 안 된다는 게 어머니의 주장이었다.

"어머니, 이젠 가봐야 할 것 같아요."

"그려, 늦었다. 얼른 가."

"선거가 끝나면 뵈러 내려가겠습니다. 그때까지 건강하게 계세요."

"알았어. 에미야, 곁에서 아범 잘 챙겨라. 선거한다고 쫓아다니다 보면 힘들 거여. 옆에서 잘 걷어 메겨. 알겠지?"

"예, 어머님."

그저 먹는 것을 챙기신다.

어머니는 평생을 자식들 먹는 걸 걱정하셨는데 지금도 그 습관은 바뀌지 않았다.

"갈게요. 저는 가서 이길 겁니다. 반드시 이겨서 대통령이 될 테니 걱정하지 마세요."

*　　　　*　　　　*

북한 주석궁.

자리에 앉은 사람들은 북한의 최고 실세들이었고, 그 중앙에는 김정일 위원장이 앉아 있었다.

그들 앞에는 인삼차가 놓여 있었는데 이미 싸늘하게 식은 상태였다.

"재밌는 놈들이구만."

"그렇습니다. 아주 작정을 한 것 같습니다. 미제 놈들은 최강철 총리가 무척이나 두려운 모양입니다."

"그런데 문호리에 그건 뭐야? 우리가 핵폭탄을 실험했다는 장면은 어떻게 만들어진 거야?"

"문호리에 광산이 있습니다. 저희가 확인한 결과 폭파 장면을 조작해서 내보낸 것 같습니다."

"푸하하! 하는 짓 하고는. 쯧쯧."

"이놈들이 진짜 항공모함 전대를 이쪽으로 보냈습니다. 극적인 장면을 연출하고 싶었던 모양입니다."

"이왕 하는 거, 제대로 할 생각이구만. 놈들이 우리에게 준다는 돈이 얼마지?"

"현금으로 5천만 달러를 당장 지급하고 5년에 걸쳐 3억 달러를 지원하겠답니다. 경제제재는 남한의 대통령 선거가 끝나면 즉시 풀어주겠다는군요."

"괜찮은 조건이구만."

"그자들은 현재 진행되고 있는 경제 공동 구역과 우리 쪽 자치구도 그대로 두겠답니다. 다시 말해서 남한이 주축이 된 지금까지의 관계를 미국이 주도하고 싶어 하는 것이죠."

"한반도를 자기들 손아귀에 넣고 흔들겠다는 심산이군."

"그렇습니다."

"그래, 당신들 생각은 어떤가?"

"상당히 괜찮은 제안입니다. 남한과 이대로 관계를 진행한다면 우린 그동안 유지해 온 체제가 흔들릴 수도 있습니다. 하지만 미국이 나선다면 그런 우려는 없죠. 그자들은 한반도가 통일되는 걸 원하지 않습니다."

"그게 미국이 추구하고 있는 넘버원 전략이지?"

"맞습니다. 적당한 긴장을 통해 세계가 미국을 필요로 하게 만드는 전략입니다. 실질적으로 미국은 그 전략을 통해 그동안 남한을 비롯해서 수많은 국가에 무기를 수출했고, 중동과 아프리카 쪽에 절대적인 영향력을 행사해 왔습니다."

"크크크."

김정일의 입에서 이상한 웃음이 흘러나왔다.

그는 무력부장 류철한의 보고를 받으며 연신 손가락을 두들기고 있었는데 뭔가를 깊이 생각하는 모습이다.

미국은 이틀 전 이번 사안에 대해 북한에서 침묵하는 조건으로 현금 지원과 경제제재를 풀어주겠다는 제안을 은밀하게 해왔다.

조건은 좋았다.

미국은 그들이 가장 우려하는 체제 보장까지 언급해 왔고, 현재 진행 중인 남북경협 사업까지 그대로 진행할 수 있게 해준다고 약속했다.

다른 때 같았다면 두말없이 받아들였을 제안이다.

하지만 김정일은 안경 사이로 파란 시선을 뿜어내며 손가락의 두들김을 멈췄다.

"준비하라우."

"위원장 동지, 어쩌실 생각입니까?"

"정치는 신뢰가 바탕에 있어야 한다. 최강철은 무려 8년이
란 시간 동안 우리에게 신뢰를 보여주었어. 놈은 나에게 한
약속을 어긴 적이 없다. 그러니 나도 약속을 지켜야겠다. 그
리고 미국 놈들의 약속을 나는 믿을 수 없어. 그자들은 미국
의 이익을 위해서라면 언제라도 배신의 칼을 꺼내 들 놈들이
다."

"위원장 동지는 최강철 총리가 남한의 대통령이 되기를 바
라시는군요?"

"그래야 한반도가 산다. 그놈은 언제나 나에게 이런 말을
했지. 우리가 분단된 이유는 오직 하나, 외세 때문이라고 하
더구만. 나도 인정했어. 이념의 차이는 이제 아무런 문제가
되지 않아. 주체사상보다 더 중요한 건 우리 북한이, 그리고
나와 당신들, 모든 인민이 잘 먹고 잘사는 거야. 그래서 남한
의 도움을 받아 중국식 개방을 서둘렀던 거다. 당신들도 지
금 눈으로 보고 있잖아? 최근 8년 동안 우리가 얼마나 발전
했는지 두 눈으로 똑똑히 봤잖아. 이제 우리 인민들은 배가
고파 길거리를 헤매거나 산속에서 칡뿌리를 캐 먹지 않아도
된다. 최강철이 없었다면 절대 할 수 없는 일이었어. 그래서
나는 최강철을 믿는다. 그놈은 절대 약속을 어길 놈이 아니
니까."

      *   *   *

　KBS 9시 뉴스 담당 PD 정호영은 숨을 헐떡거리며 보도 국
장실로 뛰어 들어갔다.

　방금 들어온 화면에서 김정일 국방 위원장의 특별 담화문
이 잡혔기 때문이다.

　화면에 잡힌 김정일은 뒤쪽에 당과 군부의 실세를 전부 대
동하고 나왔는데 전혀 예고조차 없던 일이다.

　"국장님, 빨리 스튜디오로 내려오셔야겠습니다!"

　"뭐야?"

　보도 국장 장호철이 인상을 찡그렸다.

　지금 그는 골머리를 썩고 있는 중이었다.

　연일 계속되는 우익단체들의 시위를 제대로 보도하지 않는
다는 항의가 빗발쳤고, 여러 경로를 통해 현재 벌어지는 남북
대치 상황에 대해서 제대로 보고하라는 압력이 들어왔기 때
문이다.

　정부 쪽이 아니라 다른 쪽이다.

　그리고 그들의 영향은 막강해서 함부로 거부하기엔 부담이
너무 컸다.

　그랬기에 그는 안색이 새하얗게 변한 담당 PD의 얼굴을 확

인했음에도 일단 소리부터 질렀다.

그러나 PD는 그의 고함을 듣고도 전혀 위축되지 않은 목소리로 미친 듯 떠들어댔다.

"국장님, 서둘러야 합니다! 김정일 국방 위원장이 방금 특별 담화문을 발표했습니다! 그런데 그 내용이……."

*　　　*　　　*

개인택시 운전기사 김 씨는 서초동에서 일하는 윤 씨와 함께 늦은 저녁을 먹고 있었다.

택시기사들의 활동 반경은 비슷비슷했기에 윤 씨와는 자연스럽게 친해졌는데 자주 같이 밥을 먹는 사이였다.

오늘따라 감자탕집에는 늦은 시간이었음에도 사람들이 바글거렸다.

이제 3일 후면 대통령 선거가 있기 때문에 여기저기에서 사람들이 떠드는 소리는 대부분 선거에 관한 것뿐이었다.

그중 한쪽 구석에 앉아 있던 노인들의 목소리가 가장 컸는데 그들은 최강철에 대한 비판에 열을 올리는 중이었다.

"글씨, 그놈이 원흉이여. 북한 놈들이 어떤 놈들인데 그렇게 퍼줬단 말이여. 그런 놈한티 장관직을 맡겼으니 나라가 이 꼴이 된 겨."

"맞어, 맞어. 북한 놈들은 이미 핵폭탄까지 만들었다잖어. 이제 보랑께. 조금 있으믄 그짝에 들어간 우리 기업들을 볼모로 돈을 더 내놓으라 지랄할 거라고."

"이러다가 전쟁 나는 건 아닌지 모르겠어. 미국에서 우리를 돕기 위해 항공모함 함대를 보냈다니까 다행이지 안 그러믄 큰일 날 뻔했어."

"그렇지. 미국은 우리의 우방이자 은인이여. 6.25 동란 때 미국이 우릴 구해주지 않았으면 지금쯤 벌써 빨갱이 세상이 되었을걸."

"하여간 최강철 그 자슥이 문제여. 그런 놈이 대통령이 되면 우리나라를 전부 말아먹을 겨!"

얼마나 소리가 큰지 그 시끄러운 감자탕집에 있던 사람들이 다 들을 정도였다.

술도 얼근하게 들어갔는지 노인들은 다른 사람들을 신경 쓰지 않고 떠들었는데 일부러 들으라고 그러는 것 같았다.

감자탕이 나오길 기다리고 있던 김 씨가 인상을 북북 긁기 시작한 건 노인들이 최강철에 대한 비난 강도를 점점 높여갈 때였다.

"아니, 씨블, 우리 강철이가 무슨 죄를 졌다고 저 염병을 떠는 거야? 통일부 장관이 그럼 통일을 위해 노력하지 뭘 위해 노력해? 당연한 거 아냐?"

"북한이 전쟁 준비를 한다잖아."

"전쟁 준비는 무슨. 핵폭탄을 실험했다고 전쟁이 나냐? 그리고 우리나라 군사력이 얼마나 강한데 전쟁이 터져? 이건 아무래도 냄새가 나. 우리 강철이를 떨어뜨리려고 어떤 새끼들이 수작을 부리는 것 같단 말이야."

"그래도 북한이 저렇게 나온다면 큰일이긴 하지."

"에이, 씨발 좆도. 어떻게 우리나라는 대선 때만 되면 북한이 지랄하는 건지 모르겠네. 그동안 평화 무드가 지속되면서 통일이 금방 될 것처럼 그랬는데, 어째 선거일 앞두고 이런 일이 생겨? 안 그래?"

"그건 그렇지."

"그래서 윤 씨는 강철이 안 찍을 거야?"

"난 무조건 강철이 찍는다. 그런데 지금 분위기가 안 좋아. 다른 기사들하고 이야기해 보니까 돌아선 놈들이 꽤 있어."

"북한 때문에?"

"그것도 그렇지만 강철이가 돈이 많잖아. 그렇게 돈 많은 놈이 대통령이 되면 권력을 이용해서 피닉스그룹에 혜택을 줄 거라고 생각하는 놈들이 많아."

"염병, 강철이가 불쌍한 사람들한테 쓴 돈이 얼마나 되는데 그런 개소리를 해? 말이 되는 소릴 지껄여야 그런가 보다 하지!"

"걔들 얘기는 이런 거야. 복싱에서 번 돈은 최강철한테 껌 값이라 이거지. 워낙 돈이 많으니까 남들 보라고 적선하듯 준 거라더구만. 세계 제일의 갑부가 권력까지 잡으면 안 된다는 생각을 가지고 있어. 남북경협 과정에서 특혜 받은 걸 보면 얼마나 해 처먹을지 상상도 안 된대. 그래서 반대하는 놈들이 많아."

"이런 병신 새끼들. 그럼 다른 재벌 놈들은 뭐야? 다른 재벌 놈들이 없는 놈들을 위해 그런 거액을 내놓는 건 본 적 있고? 강철이가 자기 이익을 위해 거의 1조나 되는 돈을 내놨다고? 윤 씨 같으면 그렇게 할 수 있겠어?"

"왜 나한테 화를 내고 그래? 다른 사람들이 그렇게 생각한다니까."

"참 웃긴 새끼들이야. 남이 잘한 걸 깎아내리려고 혈안이 되어 있는 놈들은 정신 구조가 틀려먹은 새끼들이야."

뭐라고 더 떠들고 싶었다.

언제는 국민 영웅이고 다른 사람들을 돌보는 천사라며 칭송하더니 이제 와서 그게 보여주기 위해 일부러 그런 거라고 깎아내리는 놈들의 주둥이를 찢어버리고 싶은 심정이었다.

그가 말을 멈춘 것은 갑자기 사람들의 대화가 일시에 중단되었기 때문이다.

자연스럽게 원인을 찾아 시선이 돌아갔다.

감자탕집 홀 상단에 텔레비전이 놓여 있었는데 그곳에서 원인을 찾을 수 있었다.

'김정일 국방 위원장, 특별 담화문 발표!'

드라마가 중단되며 커다란 자막과 함께 특별 생방송을 알리는 아나운서의 모습이 나타났다.

텔레비전 앞에 있던 30대 회사원이 자리에서 벌떡 일어나볼륨을 높이는 것이 보였다.

그러자 아나운서의 멘트가 감자탕집을 울리며 모두가 들을 수 있게 퍼져 나갔다.

"국민 여러분, 오늘 오후 7시에 북한의 김정일 위원장이 특별 담화문을 발표했습니다. 담화문의 내용에는 핵폭탄 개발 및 군사력 증강에 대한 해명과 한반도의 미래에 대한 입장 발표가 있었습니다. 먼저 김정일 위원장의 특별 담화문을 보시겠습니다."

아나운서의 멘트는 흥분으로 가득 차서 마치 전쟁이 터진 것처럼 떨리고 있었다.

그 모습에 감자탕집을 가득 채운 사람들의 표정이 변했다.

아나운서의 목소리에서 이번 담화문에 담긴 내용의 심각성을 눈치챘기 때문이다.

이윽고 화면이 바뀌며 김정일 위원장의 모습이 화면에 잡혔다.

"친애하는 남조선 인민 여러분, 저는 이번 사태에 대해서 직접 해명하기 위해 이 자리에 섰습니다. 먼저 핵폭탄 실험을 했다는 미국의 발표는 허구임을 밝힙니다. 함경남도 문호리에는 어떤 핵폭탄 개발 시설도 없습니다. 문호리에는 석탄 광산이 있으며 석탄을 캐기 위한 폭파는 있었지만, 우리 북조선에서는 어떤 핵폭탄 실험도 하지 않았습니다. 또한 휴전선에서 철수한 병력을 다시 전진 배치 했다는 사실도 거짓입니다. 우린 남조선과의 약속을 확실히 지키며 단 한 발짝도 움직이지 않았습니다. 친애하는 남조선 인민 여러분, 우리는 남조선과의 신뢰를 깨뜨릴 생각이 전혀 없습니다. 지난 8년 동안 남조선이 북조선에 보여준 고마움을 우린 잊지 않고 있습니다. 저는 북조선의 국방 위원장으로서 남조선과 약속한 것처럼 양측이 평화통일의 길로 나아갈 수 있도록 최선을 다할 생각입니다. 다시 말씀드리지만 우린 남북경협으로 벌어들인 돈을 가지고 무기를 개발하거나 군사력을 증진하는 짓을 하지 않았습니다. 저는 우리 인민들이 잘 먹고 잘사는 것을 우선으로 생각하며, 그런 생각 아래 북조선을 이끌고 있습니다. 그러니 남조선 인민 여러분, 우리 북조선의 진정을 의심하지 않길 바랍니다. 우리 북조선은 앞으로도 남조선 정부와 긴밀한 협의를 통해 평화통일에 최선의 노력을 다할 것입니다."

짧고도 강력한 담화문이었다.

그리고 그 속에 들어 있는 김정일 위원장의 의지는 사람들이 놀랄 정도로 확고했다.

그랬기에 담화문이 끝나는 순간 김 씨가 벌컥 소리를 질렀다.

"봤지? 도대체 어떤 새끼들이 그런 말도 안 되는 거짓말을 퍼뜨렸어! 이건 모두 최강철을 모함하기 위해 만들어진 게 분명해! 오죽 답답했으면 김정일이 저런 담화문을 발표하겠어! 통일을 반대하는 새끼들이 일부러 만들어낸 거라고! 찾아내야 해! 어떤 새끼들이 거짓말을 퍼뜨려서 국민들을 속였는지 찾아내서 죽여야 한다고!"

김 씨가 고함을 지르자 그동안 급격하게 변한 상황 때문에 아무 말도 하지 않던 최강철의 지지자들이 자리에서 일어나 방방 뛰었다.

그들은 그동안 당한 분풀이를 하려는 듯 소리를 버럭버럭 질렀는데, 시선이 최강철을 욕한 노인들에게 향해 있었다.

그러나 노인들은 사람들의 시선을 보면서도 자신들의 주장을 꺾지 않았다.

"저 빨갱이 수괴 놈의 말을 어떻게 믿어? 새빨간 거짓말이야. 핵무기를 개발해 놓고 오리발을 내미는 거여. 뭘 처다봐, 이놈들아! 어린 시키들이 어른 공경할 줄도 모르고 눈깔을 새파랗게 치켜뜨고 째려보네. 이래서 우리나라가 문제여! 여기저기에 빨갱이뿐이라니까!"

어이가 없는 말이다.

노인들은 최강철을 옹호하는 사람들에게 적의를 나타내며 오히려 고래고래 고함을 질러댔다.

그때 듣고 있던 김 씨가 기어코 자리에서 일어나 노인들을 향해 소리를 질렀다.

"그놈의 빨갱이 지겹지도 않습니까? 도대체 우리 중 누가 빨갱이란 말입니까? 영감님은 집에 손자들이 전부 빨갱이로 보이나요? 최강철을 응원하던 우리나라 국민이 전부 빨갱이로 보이냔 말입니다!"

*   *   *

최강철은 캠프에서 김정일 위원장의 특별 담화문을 시청한 후 측근들과 회의를 시작했다.

역시 김정일이다.

자신이 알아서 해결하겠다더니 김정일은 가장 극적인 방법을 동원해서 대한민국을 충격 속으로 몰아넣었다.

"회장님, 이미 알고 계셨습니까?"

"아침에 전화가 왔더군요."

"김 위원장한테 직접이요?"

"예. 오늘 텔레비전을 보면 알 거라더니 이런 방법을 썼네요."

"하아, 정말 대단하네요. 웬만해서는 저렇게까지 할 수 없었을 텐데요. 김 위원장이 회장님을 끔찍하게 생각하는 모양입니다."

김도환이 놀란 표정을 숨기지 못했다.

일국의 지도자가 어떤 사안에 대해 직접 해명한다는 건 쉽지 않은 일이다.

최고 책임자의 한마디는 국가의 위상과 직접적인 관련이 있기 때문에 대부분 대변인을 통해 발표하는 것이 상식이다.

만약 문제가 발생해서 수습이 필요한 경우가 생긴다면 그때 직접 나선다.

더군다나 김정일은 담화문에서 최강철을 언급하지 않았다.

그것은 그가 얼마나 최강철을 생각하고 있는지 단적으로 보여주는 것이다.

담화문에서 최강철의 이름이 거론되는 순간 상황은 오히려 악화일로로 치달았을 게 분명했다.

적들은 김정일이 최강철을 돕기 위해 특별 담화문을 발표했다고 생각하며 그것을 이용해 공세를 강화할 게 뻔했다.

"지금 인터넷에 난리가 났습니다. 대부분의 댓글이 누군가가 회장님을 음해하기 위해 만든 음모라며 범인을 찾아내야 한다는 겁니다. 판이 뒤집혔어요. 이젠 한시름 놔도 될 것 같습니다."

"아직은 아닙니다. 그자들은 다시 반격할 겁니다. 북한에서 저를 돕기 위해 특별 담화문을 발표했다고 우길 게 분명해요. 충분히 먹힐 수 있는 논리입니다. 비록 내 이름이 거론되지는 않았지만, 그들은 무슨 수를 쓰더라도 저를 엮어내려 할 겁니다. 더군다나 북한의 발표가 신빙성이 없다고 떠들어대겠죠. 이렇게 그냥 물러설 수는 없으니까요."

"그래도 이젠 괜찮습니다. 김정일 위원장이 직접 나와 이야기를 했으니 국민들도 믿을 수밖에 없어요."

"확실하게 해야 할 필요성이 있습니다. 놈들이 하는 짓을 보니 저는 이번에 반드시 대통령이 되어야겠습니다. 외세가 들어와 국정을 간섭하지 못하도록 그렇게 노력했음에도 결정적인 순간이 되자 사회 전반에 그들의 뿌리가 나타나는군요. 정말 질긴 뿌리입니다. 저는 대통령이 되면 그 뿌리를 아예 송두리째 뽑을 생각입니다."

"어쩌시려고요?"

"제가 직접 언론사와 기자회견을 갖겠습니다. 준비해 주세요. 모든 국민이 볼 수 있도록 해주셔야 합니다."

                    *   *   *

　선거를 3일 앞두고 김정일 국방 위원장의 특별 담화문으로
인해 발칵 뒤집힌 언론은 최강철이 기자회견을 연다고 하자
다시 한번 난리가 났다.

　연일 계속되는 충격으로 정신이 없을 정도였는데 최강철까
지 직접 기자회견에 나서겠다고 하자 언론들은 미친 듯이 여
의도 대한정의당 당사로 달려왔다.

　현재의 언론은 두 부류로 나누어져 있었다.

　최강철을 공격하는 쪽과 필사적으로 방어하는 쪽.

　보수언론을 중심으로 이정동을 지지하는 언론은 그동안 최
강철의 재산과 특혜 문제, 북한의 핵 개발, 그리고 군사력 증
진 문제를 두고 교묘하게 최강철을 씹어댔다.

　하지만 그 숫자는 최강철에게 우호적인 언론에 비하면 훨씬
적었다.

　그럼에도 지금까지 우호 언론이 조용하게 추이를 지켜보고
있던 것은 최강철의 지시에 의해서였다.

　어차피 시작된 공세는 특단의 대책이 마련되지 않은 상태에
서 방어하면 오히려 불을 지피는 결과를 만들어내기 때문이
다.

그중 하나가 김정일 위원장의 특별 담화문이었다.

최강철의 우호 언론들은 김정일 위원장이 담화문을 발표하자마자 통일을 반대하는 세력들이 고의로 거짓말을 했다며 십자포화를 터뜨렸다.

워낙 한꺼번에 여러 언론이 배후 음모론을 들고 나왔고, 새삼스레 최강철의 업적을 집중 조명 해나갔다.

하지만 보수언론을 비롯하여 그동안 최강철을 공격하던 언론들의 반격도 만만치 않았다.

북한의 발표를 믿지 못하겠다는 것과 진실을 증명하기 위해서는 미국의 전문가들을 중심으로 실사를 해야 한다는 것이었다.

더불어 그들은 끈질기게 최강철의 재산에 대해 물고 늘어졌다.

그가 마이다스 CKC를 설립한 후 어떻게 재산을 형성해 왔는지 일일이 열거하며 수많은 사람이 피눈물을 쏟았다고 주장했다.

그 대표적인 것으로 IT 버블 사태를 예로 들었다.

한국 마이다스 CKC는 어마어마한 금액을 투자해서 먹고 빠지는 수법으로 수많은 서민을 지옥으로 몰아넣었다는 것이다.

팽팽한 긴장감.

그동안 부친상으로 인해 언론에 모습을 드러내지 않던 최강철이 기자회견을 자처하자 양쪽 언론은 긴장감 속에서 그가 나타나기를 기다렸다.

그들은 본능적으로 느끼고 있었다.

여기가 이번 대선의 승부처란 사실을 말이다.

특히 보수언론 쪽은 최강철을 죽이기 위해 철저한 준비를 해왔다.

북한 문제는 둘째 치고 그가 가진 재산 내역과 형성 과정만 공격해도 충분히 죽일 자신이 있었다.

하지만 그들은 최강철이 전 언론이 모인 앞에서 입장 표명을 하는 순간, 입을 떡 벌린 채 단 한 마디도 할 수 없었다.

*   *   *

"친애하는 국민 여러분, 대한정의당 대통령 후보 최강철입니다. 저희 부친께서 갑자기 별세하시는 바람에 한동안 국민 여러분께 모습을 보여 드리지 못한 점 송구스럽게 생각합니다. 현재 남북경협과 관련해서 많은 일이 있었습니다. 누군가는 북한이 핵 개발을 했고 남북경협에서 벌어들인 돈으로 군사력을 증진했다고 합니다. 하지만 저는 그것이 거짓말이란 걸 확신합니다. 왜냐하면 제가 수십 번이 넘도록 북한에 들어갔고, 갈 때마다 남북경협에서 발생한 이익금의 사용 내역을 직접 확인했기 때문입니다. 더불어 김정일 국방 위원장은 작년 대통령과의 영수 회담에서 평화통일 방안을 언급한 적이 있을 정도로 북한 주민들의 삶을 개선하기 위해 노력하고 있습니다. 우리 남한은 그들의 진정성을 의심하면 안 됩니다. 물론 통일로 가는 길이 어찌 쉽기만 하겠습니까? 하지만 우리는 언젠가 반드시 이루어내야 합니다. 우리는 같은 핏줄을 가진 하나이기 때문입니다. 또한 일각에서 저의 재산 형성 과정에 대해 비난 여론이 있다는 걸 알고 있습니다. 사실 제가 오늘 기자회견을 자청한 것은 이 때문입니다. 저는 어릴 적 복싱으로 번 돈을 기업에 투자했고, 계속되는 성공 과정을 거쳐 여기에 이르렀습니다. 언론이 보도한 내용 중 일부는 맞는 내용입니다. 그동안 투자를 하면서 본의 아니게 서민들을 고통스럽게 한 일도 있습니다. 하지만 국민 여러분, 저는 그동안 마이다스 CKC의 최대주주에 있으면서 회사의 일에 관여한 적이 없습니다. 그리고 돈에 대한 욕심도 없습니다. 제가 고아원을 비롯해서 불우한 사람들을 도운 것 또한 누군가에게 보여주기 위함이 아니라 더 나은 대한민국을 만들고 싶다는 욕심 때문이었습니다. 그럼에도 많은 분이 제가 천문학적인 돈을 가진 것 때문에 의심하고 분노하십니다. 대통령에 나서는 사람이 기업을 운영하면 공정성을 잃을 것이란 우려도 가지고 계십니다. 그러나 국민 여러분, 그런 걱정은 하지 않으셔도 됩니다. 저는 제 재산이 얼마나 되는지 확인하기 어렵습니다. 누군가는 제 재산이 1,000조에 달할 거라고 하더군요. 맞을 수도 틀릴 수도 있습니다. 그만큼 제 재산은 많으니까요. 저는 오래전부터 제가 국가와 사회를 위해 어떻게 살아야 할지에 대해 고민해 왔습니다. 우리나라 사회는 그동안 재벌들이 자식에게 재산을 물려주기 위해 수많은 불법을 저질러 온 전력이 있습니다. 지금은 그런 일이 많이 줄어들었으나 아직도 우리 사회는 자식에게 재산을 물려줘야 한다는 고정관념에 사로잡혀 있습니다. 부유한 사람들이 번 재산은 오롯이 그들의 것이 아닙니다. 사회 구성원들로 인해 비롯된 것임에도 그들은 아직도 자식들에게 물려주기 위해 안간힘을 쓰고 있습니다. 노블레스오블리주. 사회 지도층에 있는 사람들이 반드시 해야만 하는 고귀한 정신이 바로 노블레스오블리주입니다. 저는 그 정신을 실천하고자 합니다. 저는 제가 죽은 후 모든 재산을 국가에 환원할 것입니다. 제 이름으로 된 모든 재산은 아들에게 한 푼도 돌아가지 않을 것입니다. 국민 여러분, 저 최강철, 하늘을 우러러 한 점 부끄러움이 없도록 살아왔고 앞으로도 그렇게 살아가고자 합니다. 저에게 기회를 주신다면 대한민국의 발전을 위해 최선을 다하는 대통령이 되겠습니다. 감사합니다!"

최강철의 말이 끝나는 순간 기자회견장이 쥐 죽은 듯이 조용해졌다.

아무도 먼저 말을 꺼내지 못했다.

이럴 수가 있단 말인가?

사람은 누구나 욕심이 있고 그 모든 것의 배경에는 돈이란 괴물이 있다.

그만큼 돈이란 것은 사람을 죽이고 살릴 정도로 무서운 괴물이다.

그럼에도 최강철은 더없이 태연한 태도로 자신의 모든 재산을 대한민국에 환원하겠다고 발표해 버렸다.

어떤 편법도 없다.

누구처럼 장학 재단을 만들겠다든가 사회를 위해 좋은 일에 쓰겠다는 게 아니라 자식에게 한 푼도 물려주지 않고 자신의 재산을 송두리째 환원하겠다는 것이다.

이런 상황에서 무슨 질문을 할 수 있단 말인가?

*　　　　　　*　　　　　　*

최강철의 폭탄선언이 터진 후 대한민국 국민들은 충격에 사로잡혀 한동안 반응조차 보이지 못했다.

그 침묵이 더 무서웠다.

누군가의 용기, 그것도 자신들이 영웅이라 생각하고 있던 최강철의 무모한 용기를 다시 접한 국민들은 아예 침묵 속에서 선거일이 다가오기를 기다렸다.

"어이없군."

"휴우, 다 틀린 것 같습니다."

초췌한 표정으로 이정동이 말하자 선거 대책 본부장인 류철호가 긴 신음을 흘렸다.

국민들의 침묵을 보면서 그들은 모든 것이 틀어졌다는 것을 알았다.

최강철의 발표에 대한 진실 여부의 공방이라도 벌어졌다면 어느 정도 희망을 걸었겠지만, 국민들은 아예 최강철의 발표에 대해 가타부타 말을 하지 않고 있었다.

인터넷이 조용했고 언론은 아예 약속한 것처럼 최강철의 발표만 보도한 후 침묵 속에 잠겼다.

대신 해외 언론이 난리가 났다.

미국을 비롯해서 중국, 일본, 유럽의 유수한 언론들은 세계 최고의 부호인 최강철이 모든 재산을 국가에 환원한다는 발표를 보도하면서 그의 위대한 정신을 입술이 마르도록 칭송했다.

해외 언론은 하나같이 노블레스오블리주의 진정한 실행 표본으로 최강철을 꼽으며 대한민국의 변화를 주목했다.

처음부터 힘든 싸움이란 걸 알고 있었다.

그럼에도 희망을 가진 것은 미국을 비롯해서 일본과 중국이 자신을 지원했고, 극우단체를 비롯한 반공 세력들이 일제히 캠프에 합류했기 때문이다.

열강들의 힘은 상상외로 강했다.

최강철에 관한 자료들이 속속 들어오면서 선거에 이길 수 있다는 희망을 키우게 만들었다.

그중 가장 큰 건 미국이 주도해 준 북한의 핵 개발 소식과 최강철의 재산에 관한 부분이었다.

이 두 가지만 있다면 국민들을 설득시켜 선거에서 이길 수 있다는 판단이 들었다.

상황은 호전되었고 금방이라도 대통령의 자리에 오를 것만 같았다.

민주연합의 선거 캠프는 불과 이틀 전만 해도 승리를 확신하며 사람들로 인산인해를 이루었다.

하지만 오늘 선거 캠프에 남아 있는 인원은 절반으로 줄어든 상태였다.

그만큼 상황이 나빠졌다는 걸 의미한다.

권력을 좇는 자들은 누구보다 시류에 민감하기 때문에 상당수가 이미 캠프에서 빠져나간 것이다.

"으, 미친놈입니다."

"미친놈이 아닐세. 그가 해온 일들을 생각한다면 충분히 가능한 일이야. 그럼에도 설마 그렇게까지 하리라고는 생각하지 못한 것뿐일세."

"그래도……."

"그는 우리 같은 범인이 아닐세. 그런 사람과 싸울 생각을 한 내가 어리석은 게지."

"아직 승부는 끝나지 않았습니다. 힘을 내십시오, 후보님."

"아닐세. 사람은 이기는 것보다 질 때 깨끗하게 져야 한다네. 그래야 국민들에게 좋은 인상을 남길 수 있어. 마음 같아서는 지금이라도 사퇴하고 싶지만 그래서는 안 되겠지. 대통령 선거는 국민들의 축제니까 나는 마지막까지 완주하겠네."

"후보님……."

"대신 나도 입장 발표를 해야겠어. 멋있게 이 전쟁을 끝내기 위해서는 그러는 게 최선인 것 같아."

*   *   *

민주연합의 이정동 후보가 기자회견을 연 것은 선거를 하루 앞두고였다.

조용하던 언론이 다시 들썩인 것은 그가 내민 카드가 어떤 것인지 전혀 알 수 없었기 때문이다.

여기서 반전이 일어난다면 이번 대선은 영화보다 더 극적일 것이다.

그랬기에 민주연합의 프레스센터에 수많은 기자가 몰려들었다.

"정 기자, 자네가 봤을 때 이정동 후보가 내밀 카드는 무엇일 것 같아?"

"왜 그걸 나한테 물어? 내가 귀신이냐?"

"답답해서 그러지. 이미 판은 끝났는데 선거 하루 전에 기자회견을 하겠다니까 걱정돼서 그래."

"뭐가 걱정되는데?"

"대한민국을 위해서는 이렇게 조용히 끝나는 게 좋아. 이정동 후보가 또 뭔가를 들고 나와서 판을 깨버리면 우리나라는 진짜 진창에 빠질 수 있어."

"휴우, 그건 그렇지."

이정동을 기다리는 기자들이 주로 나눈 대화는 이런 것이었다.

언론도 더 이상 어떤 일이 발생하지 않기를 바랐다.

아수라장이던 이 선거가 최강철의 위대한 선택으로 아름답게 끝나기를 바랐기 때문이다.

그랬기에 그들은 이정동의 기자회견을 맞이해서 안색이 어두웠다.

또 다른 변수가 발생해서 대한민국이 혼란에 빠지는 걸 기자들은 원하지 않고 있었다.

문이 열리며 이정동과 캠프의 주요 당직자들이 나타나자 기자들의 시선이 한꺼번에 몰렸다.

이상한 건 이정동의 표정이 너무나 밝다는 것이다.

단상으로 올라온 이정동이 품에서 종이를 꺼내 들었기 때문에 기자들은 긴장된 시선으로 그의 행동을 주목했다.

이윽고 이정동의 입이 열렸다.

"사랑하고 존경하는 국민 여러분, 저는 민주연합의 대통령 후보 이정동입니다. 그동안 20여 일의 공식 선거 기간 동안 전국을 돌며 유세하던 저를 응원해 주서서 정말 고맙습니다. 최선을 다했기에 저는 아무런 후회도 남지 않습니다. 제가 오늘 이 자리에 선 것은 이틀 전 최강철 후보가 한 발표에 대해서 저의 입장을 표명하기 위함입니다. 저희 당 일각에서는 최강철 후보의 진심에 대해서 의심하는 분들도 있었으나 저는 그분의 진심을 단 한 순간도 의심하지 않았습니다. 위대한 결단을 내려주신 최강철 후보께 저는 존경을 담아 지지를 표하는 바입니다. 제가 지켜본 최강철 후보는 장관으로 취임한 후 온 힘을 다해 대한민국을 이끌어왔습니다. 남북 관계를 진전시켜 평화통일에 한 걸음 다가가게 만들었으며, 사회적약자들을 위해 아낌없는 희생을 보여주셨습니다. 저는 이런 분과 경쟁한 것이 더없는 영광이었습니다. 국민 여러분, 이제 선거가 내일로 다가왔습니다. 저는 제가 지닌 능력과 식견이 최강철 후보에 비해 현저히 부족하다는 것을 너무나 잘 알고 있습니다. 하지만 끝까지 후보를 사퇴하지 않겠습니다. 대한민국의 대통령 선거가 마지막까지 훌륭하게 마무리되기를 바라기 때문입니다."

기자들의 입에서 한숨이 흘러나왔다.

연신 계속되는 충격.

일종의 항복 선언이다. 그럼에도 이정동의 행동이 더없이 멋있게 보여 기자들은 그의 얼굴에서 시선을 떼지 못했다.

정말 멋있다.

우리나라 정치인들이 언제부터 이렇게 멋있게 변했단 말인가.

과거의 구태의연하고 치졸하던 모습과 너무 크게 대비되어 기자들의 얼굴에는 감격에 겨운 환한 웃음이 저절로 피어오르고 있었다.

*   *   *

최강철은 서지영과 손을 잡고 투표장에 들어가 선거를 한 후 시간에 맞춰 대한정의당의 선거 캠프로 향했다.

그의 옆에는 신규성과 김도환, 이창래가 따르고 있었는데 정철호는 제우스의 경호 팀을 동원해서 철저하게 경호하는 중이다.

그가 선거 캠프로 들어서자 이미 들어와 있던 150명의 국회의원이 일제히 일서서서 그를 맞이했다.

특히 맨 앞에 앉아 있던 대한정의당 지도부는 최강철이 들어서자 허리를 깊이 숙여 맞아들였는데, 벌써 대통령을 대하는 자세였다.

"그동안 고생하셨습니다."

"별말씀을요. 대표님께서 애를 많이 써주셨습니다."

"좋은 결과가 나올 것 같습니다. 조금 있으면 출구 조사를 발표한다고 하니 앉아서 차나 한 잔 하시지요."

"감사합니다."

그가 당사에 들어선 것은 5시 반이었으니 이제 출구 조사 발표까지는 30분이 남았다.

분위기는 더없이 좋았다.

이미 언론은 물론이고 인터넷상에서는 최강철의 승리를 확정적으로 보고 있었다. 그에 대한 국민들의 기대는 그 어느 때보다 컸다.

중간중간 보도된 선거 참여율도 역대 최고였다.

5시 현재 무려 85%의 참여율을 보여주고 있었기 때문이다. 더군다나 투표가 종료되는 6시엔 88%까지 오를 것으로 예측되었다.

최강철은 지도부와 차를 마시며 선거 기간 동안 벌어진 일들에 대해 한담으로 시간을 보냈다.

이윽고 시간이 되자 선거 캠프가 팽팽한 긴장 속에 빠져들었다.

이길 것으로 예상은 했지만 막상 출구 조사 결과가 발표되는 순간이 되자 모여든 대한정의당 관계자들은 입술에 침을 바를 정도로 긴장했다.

이미 켜놓은 텔레비전에 카운트다운이 나타났다.

6시에 맞춰 출구 조사를 발표하기 위한 사전 행동이었다.

"국민 여러분, 투표가 완료되었습니다. 그럼 지금부터 공영 3사가 공동으로 조사한 출구 조사 결과를 발표하겠습니다. 최강철 후보 73%, 이정동 후보 26%입니다. 출구 조사 결과 최강철 후보가 압도적으로 앞서고 있습니다. 그럼 지금부터 지역별로……."

출구 조사 결과가 나오자 대한정의당 당사에 몰려 있던 사람들이 전부 자리에서 일어나 만세를 불렀다.

이미 대기하고 있던 방송국의 카메라들이 그 모습을 찍느라 분주하게 움직였고, 지도부는 최강철과 악수를 나누며 축하하느라 정신이 없었다.

앞설 것이라 예상은 했지만 너무 큰 격차였다.

대한민국 국민들의 침묵이 이런 선거 결과를 예상케 만드는 전주곡이었음이 분명하게 드러나는 순간이었다.

*　　　　*　　　　*

2011년 2월 25일.

최강철은 서지영과 함께 국회로 향했다.

대통령 전용 차량에 탄 그의 모습은 말끔한 정장 차림이었는데 옆의 서지영은 미색 투피스를 곱게 차려입었다.

그들의 차는 경호 차량에 둘러싸여 천천히 여의도로 들어섰다.

"여보, 넥타이 삐뚤어졌어요."

"응?"

"이리 와봐요."

서지영이 몸을 돌려 최강철의 넥타이를 바르게 매주며 포근한 미소를 지었다.

그녀는 선거 기간 동안 최강철과 함께 유세 활동을 벌였는데 출중한 미모 때문에 많은 화재를 양산해 냈다.

"당신, 이제 대통령이네요."

"응."

"잘할 수 있죠?"

"잘해야지. 당신이 옆에서 많이 도와줘요."

"그럴게요."

"벌써 도착한 모양이네."

그녀의 대답을 들으며 최강철이 국회 앞에 모인 수많은 사람들을 확인하고 자그맣게 중얼거렸다.

가슴이 천천히 뛰기 시작했다. 이제 곧 자신은 대한민국의 미래를 책임질 대통령의 자리에 오르게 된다.

차에서 내리자 기자들이 터뜨린 카메라 플래시가 별빛처럼 터지기 시작했다.

기자들은 최강철의 모습을 절대 놓치지 않겠다는 듯 미친 듯이 셔터를 눌렀는데, 그 사이로 최강철의 이름을 연호하는 지지자들의 모습도 보였다.

천천히 차에서 내려 경호원들의 보호 속에서 국회 본관 앞으로 나갔다.

국회의장을 비롯하여 접견을 나온 인사들과 차례대로 악수한 후 최강철은 연단에 섰다.

약식 취임사다.

누군가는 엄청난 인원을 동원해서 갖가지 식전 행사와 이

벤트로 자신의 취임을 축복했으나, 최강철은 측근들에게 행사를 최소화하도록 지시했다.

대통령은 자신의 권력을 국민들에게 보여주는 자리가 아니라 국민들을 위해 자신을 희생하는 사람이란 걸 너무나 잘 알기 때문이다.

연단에 나선 최강철은 단상 위에 놓인 선서를 잠시 지켜보다가 무겁게 입을 열었다.

"선서! 나는 헌법을 준수하고 국가를 보위하며 조국의 평화통일과 국민의 자유와 복리의 증진 및 민족문화의 창달에 노력하며 대통령으로서의 직무를 성실히 수행할 것을 국민 앞에 엄숙히 선서합니다. 2011년 2월 25일 대통령 최강철!"

제65장
자주국방의 꿈

최강철은 대통령에 오른 후 빠르게 내각을 인선해 나갔다.

국무총리에는 3선 국회의원 출신에 경기 도지사를 지낸 정명훈을 지명했고, 통일부 장관에는 자신과 호흡을 맞추며 실무를 담당한 김영춘 차관을 선임했다.

기재부 장관에는 자신의 은사인 윤문호 교수, 외교부 장관에는 이창래, 국방부 장관에는 공군 참모총장 출신인 이해창을 지목했다.

내각의 선임은 역대 최단기간 내에 이루어졌다.

국회의 검증 과정에서 내각에 인선된 인물들은 모두 무사히 청문회를 통과했는데 민주연합의 도움이 컸다.

민주연합은 최강철의 내각 인선에 될 수 있으면 제동을 걸지 않겠다는 당론을 정한 후 정부 조직이 최단기간 내에 자리잡을 수 있도록 도왔다.

물론 인선된 인물들의 면면이 지역을 골고루 배분하며 청렴한 인물 위주로 한 능력주의 인사였기 때문이다.

그런 야당의 행동에 국민들은 박수를 쳐주었다.

과거처럼 정권의 발목을 잡으며 자신들의 존재를 부각하기 위해 애쓰던 행태 대신 올바른 정치로 승부하겠다는 보수 진영의 승부수가 국민들의 마음을 사로잡은 것이다.

엄청난 발전이다.

그간 국회는 쌈박질이나 하고 쪽지 예산이나 돌리며 당리당략에 젖어 자신의 안위를 돌보는 걸 우선으로 해왔지만, 대한정의당과 민주연합의 양당 체계가 자리를 잡으며 그런 일은 찾아보기 힘들게 되었다.

비서실장에는 자신의 최측근인 김도환을 앉혔고, 경제수석에는 신규성을, 정무수석 등 나머지 수석도 모두 측근들로 포진시켰다.

최강철의 국정 운영 방침은 '세계 최고의 대한민국 건설'이었다.

　　　　*　　　　　*　　　　　*

　새롭게 선임된 미국의 국방부 장관 도널드 햄은 방산업체의
적극적인 지지로 국방부 장관에 오른 사람이다.

　미국 방산업체가 정가를 휘어잡은 역사는 그 뿌리가 깊다.

　제2차 세계대전 이후 영향력을 확대해 나간 미국은 수많은
국가에 무기를 수출하며 경제를 이끌어왔다.

　그 과정에서 록히드마틴사, 보잉, 제너럴 다이나믹 등의 방
산업체가 공룡으로 성장하며 세계 무기 시장을 휩쓸었다.

　방산업체는 자신들의 무기를 팔아먹기 위해 세계 곳곳에서
수많은 분쟁을 이끌어냈다.

　당연히 정가의 도움이 필요했다.

　전쟁이란 방산업체가 결정하는 것이 아니라 정부가 움직이
는 것이기 때문에 그들은 천문학적인 로비 자금을 동원하여
미국이 전쟁에 참여하도록 정치인들을 회유했다.

　무기는 적정 가격이 없다.

　현재 대한민국의 주력기인 F—16 한 대 가격이 400억이었
고, 미국의 주력기인 F—22 랩터는 1,700억을 호가한다.

　비행기뿐만 아니고 다른 것도 마찬가지다.

　미사일과 탱크, 구축함을 비롯해서 주요 무기들의 부품까
지 미국의 방산업체들은 말도 안 되는 가격을 책정해서 이득

을 취해왔다.

분쟁지역의 국가들은 울며 겨자 먹기로 그들의 무기를 수입할 수밖에 없었다.

당장 죽을 판에 가격이 비싸다고 구매를 포기한다는 건 쉽지 않은 일이기 때문이다.

그 대상 중의 하나가 대한민국이었다.

한마디로 대한민국은 미국 방산업체들의 호구나 다름없었다.

북한과의 대치로 인해 전력 증강이 필요한 대한민국은 미국의 가격이 뻥튀기된 무기들을 그동안 수도 없이 구매해 왔다.

세계에서 가장 많이 미국 무기를 구매한 나라이다.

대한민국은 매년 40조에 달하는 국방비를 운용해 오면서 10조 이상의 금액을 미국 무기 수입에 썼다.

그런 현상이 무너지기 시작한 것은 최강철이 비룡과 피닉스조선, 피닉스중공업을 키우며 막대한 투자가 빛을 보기 시작하면서부터였다.

당장 '불사조—2'가 실전 배치되면서 미국의 전투기 구매를 중단했다.

미국에서는 새롭게 개발한 F—35의 구매를 강요해 왔으나 정우석 정부는 단칼에 그들의 제안을 거부했다.

전투기를 생산하면서 그들이 얼마나 많은 이득을 취했는지 알 수 있었다.

F—16보다 훨씬 성능이 뛰어난 '불사조—2'의 제작 비용은 이윤을 합쳐도 불과 100억에 불과했으니 미국 방산업체들은 그동안 무려 4배의 이익을 취해온 것이다.

전투기의 수출이 막히자 미국 방산업체들은 정부를 압박하기 시작했다.

대한민국 공군 전력은 전부 미국 시스템을 운용하고 있으니 호환성을 위해서 자신들의 전투기와 조기 경보기, 공중급유기를 구매해야 된다는 것이었다.

하지만 정부는 끝까지 그들의 압박을 견뎌내며 생산되는 '불사조—2'로 노후 전투기들을 교체해 나갔다.

미국 국방부 장관 도널드 햄이 칼을 꺼내 든 것에는 대한민국으로의 전투기 수출이 막히면서 록히드마틴사와 보잉사 등 방산업체의 입김이 강력하게 작용했기 때문이다.

그는 언론과의 인터뷰를 통해 대한민국 정부를 직접 겨냥했다.

"북한에 들어가 조사한 결과 김정일 위원장의 해명과 달리 북한은 핵무기 제조에 상당한 진전이 있는 것으로 확인했습니다. 또한 그들이 보유하고 있는 생화학무기는 현재 운용 중인 대포동—2호에 탑재될 경우 엄청난 인명 피해를 야기할 것으로 판단됩니다. 북한의 해명은 전적으로 작금의 상황을 모면하기 위한 거짓으로 드러났습니다. 그들의 전략은 뻔합니다. 재래 전력에서 밀리기 때문에 미사일을 특화해서 단숨에 전쟁을 승리로 이끌려는 전략입니다. 그들의 전략은 효율적이고 상당히 위험합니다. 이대로라면 한국은 전쟁이 발발할 경우 엄청난 피해를 입을 수밖에 없다는 것을 경고합니다."

미국 국방부 장관의 인터뷰가 언론을 통해 보도되자 대한민국이 술렁거렸다.

워낙 교묘하게 위장된 자료를 내놓으며 사실화했기 때문에 전쟁의 위험성이 대두되기 시작했다.

의도한 대로 반공 단체를 중심으로 북한의 행태를 강력히 비난하며 정부의 부실한 대응을 성토했다.

도널드 햄은 대한민국의 여론이 술렁거리자 연이어 다른 칼을 던져왔다.

"현재 우리 미군은 한국에 전략무기를 배치해서 북한의 공격에 대비하고 있는 중입니다. 2만에 달하는 미군은 북한이 공격해 와도 충분히 한반도를 지킬 수 있는 첨단무기로 무장되어 있습니다. 그렇기에 한반도의 전쟁 위험은 그리 크지 않다는 것을 말씀드립니다. 그러나 이런 상황에서 한국은 미군의 주둔 비용을 점점 축소시키고 있습니다. 전통적인 우방으로서 한반도를 지키기 위해 군대를 주둔하고 있는 미국의 고마움을 한국은 전혀 느끼지 못하는 것 같습니다. 북한의 위협이 상존하고 있지만 우리는 이런 현실을 받아들일 수 없습니다. 미국 정부는 한국 정부에게 경고합니다. 한국 정부는 미군 주둔 비용을 100% 부담해야 합니다. 그렇지 않을 경우 우리 미국은 중대한 결정을 내릴지도 모릅니다."

*   *   *

도널드 햄의 인터뷰 내용이 텔레비전을 통해 보도된 후 최강철은 즉각 안보 위원회를 소집했다.

국방부 장관을 비롯해서 각 군의 참모총장과 외교부 장관, 통일부 장관이 포함된 안보 위원회가 소집된 장소는 청와대였다.

당연히 회의는 미국 국방부 장관 도널드 햄이 강력하게 주장한 내용의 처리에 관한 것이었다.

회의장의 분위기는 팽팽했다.

미국이 강경하게 미군 철수라는 칼을 빼 든 이상, 안보에 상당한 영향력을 끼칠 수 있었다.

오래전 군사정권이었다면 당장에라도 미국으로 달려가 고개를 조아려야 할 사안이었다.

하지만 최강철의 표정은 여전히 차분하게 가라앉아 보는 사람을 편하게 만들었다.

"도널드 햄의 개인적인 생각입니까, 아니면 오바마까지 보고된 내용입니까?"

"방금 미국 국무부 장관의 기자회견이 있었습니다. 국무부 장관 역시 국방부 장관과 비슷한 취지의 발언을 했습니다. 그자들은 이미 의견을 조율한 것 같습니다."

"그렇다면 오바마도 의견이 같다는 뜻이군요."

"그렇습니다."

"그들이 이런 짓을 벌인 건 우리가 무기 수입을 중단했기 때문이겠죠?"

"아무래도 그럴 공산이 큽니다. 그래도 이렇게까지 나올 줄은 생각하지 못했는데, 미국 쪽이 급했던 모양입니다."

국방부 장관 이해창이 굳은 표정으로 대답했다.

하지만 그의 표정에 담긴 것은 당황함이나 두려움이 아니라 분노였다.

아직도 미국은 대한민국을 그들의 속국으로 생각하고 있는 것이 분명했다.

최강철의 입이 다시 열린 것은 안보수석 이기명이 서류를 들썩이고 있는 걸 본 후였다.

"이 수석님, 미국에서는 우리가 주둔 비용을 내지 않고 있다는데 그게 무슨 말입니까?"

"말도 안 되는 소립니다. 우리는 매년 1조에 달하는 비용을 그들에게 지불하고 있습니다."

"그런데 도널드가 왜 그런 소리를 하는 거죠?"

"몇 년 전부터 이놈들이 병사들의 월급과 복지 비용까지 우리한테 대라는 요구를 해왔습니다. 당연히 거절했죠. 그랬더니 그것을 꼬투리 잡아서 시비를 걸고 있는 겁니다."

"그렇군요."

"우리는 1조에 달하는 주둔 비용을 놈들한테 주면서 어떻게 쓰고 있는지 확인도 못 하고 있습니다. 그자들이 절대 보여줄 수 없다며 거부했기 때문입니다. 정말 말도 안 되는 일입니다. 그런 거액을 주면서 그 돈이 어떻게 쓰이는지 확인도 못 하는 경우가 세상에 어디 있습니까? 놈들은 그런 짓을 벌여놓고 또 다른 소릴 하고 있는 겁니다."

말하다 보니 열이 받았는지 안보수석 이기명의 얼굴이 시뻘겋게 달아올랐다.

매년 1조에 가까운 돈을 조공 바치듯 주면서 그게 적정한지 아닌지조차 모르고 있다는 게 너무나 분한 모양이다.

그 모습을 보면서 최강철의 얼굴이 슬쩍 일그러졌다.

"미국 주둔의 근거는 당연히 한미상호방위조약이죠?"

"그렇습니다."

"그럼 한미상호방위조약이 깨지면 어떻게 됩니까?"

"그건⋯ 대통령님, 한미상호방위조약은 깨지면 안 됩니다.

우리나라 주변에는 중국이 있고 러시아가 있습니다. 아직 북한도 건재한 상태이고요."

"그래서요?"

최강철이 안보수석을 빤히 바라보다가 국방부 장관과 각 군의 참모총장들을 바라보았다.

그들의 표정도 안보수석과 비슷했다.

주변 강대국이 밀집된 상황에서 한미상호방위조약은 당연히 유지되어야 한다는 게 그들의 생각인 것 같았다.

"좋습니다. 한미상호방위조약은 그렇다 치고, 도대체 왜 우리가 미군 주둔 비용을 대고 있는 겁니까? 제가 알기로 필리핀 같은 경우는 오히려 주둔 비용을 받고 있는 걸로 아는데요?"

"필요성 때문이죠. 우리나라의 미군 주둔은 우리의 요청에 의해서 이뤄진 겁니다. 그렇기 때문에 주둔 비용을 우리가 일정 부분 대는 것으로 협약이 되어 있습니다."

"이제 필요가 없어졌다면?"

"그 말씀이 나오길 기다렸습니다. 필요가 없어졌다면 당연히 댈 필요가 없습니다. 그들이 여기에 있든 없든 우리가 그들의 비용을 댈 이유가 없습니다."

기다렸다는 듯 국방부 장관 이해창이 대답해 왔다.

그는 진작부터 미군 주둔의 필요성에 대해서 의문을 가져온 것이 분명했다.

그랬기에 최강철은 빙그레 웃으며 다시 입을 열었다.

"각 군 참모총장님들께 묻겠습니다. 지금 우리나라의 전력은 어떻습니까?"

"북한은 이미 상대가 되지 않습니다. 더군다나 비룡과 피닉스조선, 피닉스중공업에서 계속 신무기가 양산되고 있기 때문에 곧 일본마저 따라잡을 수 있습니다. 저희 군의 판단으로는 현재 개발 중인 '불사조—3'와 '삼족오—2'가 실전 배치되고 항공모함 전대만 완성되면 충분히 중국과도 한판 붙을 수 있을 정돕니다."

"몇 년이나 걸릴까요?"

"최대 5년이면 충분합니다."

"좋습니다. 그럼 그때까지만 기다리죠. 유 장관님, 내일 미국으로 날아가세요. 가서서 그자들과 협의를 해보세요."

"알겠습니다."

"수십 년을 기다려 왔는데 그까짓 몇 년을 더 못 버티겠습니까?"

"대통령님, 지금도 우린 해낼 수 있습니다. 주변 정세를 분석해 봤을 때 중국이나 러시아가 움직일 이유가 없습니다. 일본도 당연히 마찬가지고요. 당장 미군 철수를 요구해도 됩니다. 저는 놈들에게 머리 숙일 필요가 없다고 생각합니다."

"알고 있습니다. 하지만 이 장관님, 만약이라는 게 있잖습니까. 작금의 국제 정세가 어떻게 변할지 모릅니다. 저는 대한민국을 이끄는 대통령으로서 조금이라도 대한민국이 위험에 처하는 일은 하지 않을 겁니다. 그러니 당분간만 참아주세요."

"그래도 미군 주둔 비용을 전부 우리가 댄다는 건 절대 안 됩니다. 대통령님, 재고해 주십시오."

"누가 미군 주둔 비용을 전부 댄다고 했습니까?"

"그럼……?"

"그자들이 이렇게 나오는 것은 결국 무기 수출이 중단되었기 때문입니다. 무기 수출만 해결된다면 그런 헛소리는 다시 집어삼킬 겁니다. 이 장관님, 지금부터 우리 비룡과 조선, 그리고 중공업에서 생산하는 무기 이외에 우리 군에 필요한 전략무기를 모두 체크해 주십시오. 예를 들면 미국이 보유하고 있는 F—22 랩터, 최첨단 공중급유기나 조기 경보기, 또는 이번에 새로 개발했다는 헬 파이어—3 같은 것 말입니다. 헬 파이어—3의 디펜스 능력이 거의 90%에 달한다면서요?"

"미국 언론에서 그렇게 자랑하고 있습니다. 우리 군의 분석으로도 실제적인 능력이 기존 디펜스 미사일보다 훨씬 개량된 것으로 추정 중입니다."

"우리는 예전처럼 쓸데없는 구닥다리 무기들은 절대 사지 않을 겁니다. 돈은 얼마가 들어도 좋습니다. 우리 군에 정말 필요한 무기들만 구매하는 걸로 합시다."

"대통령님, 지금 말씀하신 것들은 전략무기입니다. 놈들은 쉽게 판매하지 않으려 할 겁니다."

"이 장관님, 그리고 여러분, 제가 미국이 무서워서 그들의 무기를 사겠다고 하는 것 같습니까? 저는 미국이 전혀 두렵지 않습니다. 그리고 우리 대한민국은 충분히 자신의 힘으로 살아남을 수 있습니다. 전략무기를 팔지 않겠다면 그러라고 하십시오. 대신 미군 주둔 비용의 증가는 절대 없습니다. 그들의 의지에 의해 스스로 떠나겠다면 저는 잡지 않을 생각입니다."

"알겠습니다, 대통령님!"

최강철이 싸늘하게 굳은 표정으로 뜨거운 의지를 나타내자 모여 있던 위원들의 표정도 비슷하게 변했다.

이것이 리더십이다.

지도자가 어떤 의지를 가졌느냐에 따라 국가의 진로가 결정된다.

*   *   *

밀고 당기는 전술.

이해창 국방부 장관은 외교부 장관 이창래와 함께 미국으로 넘어가 협상을 시도하며 시간을 끌었다.

너도 알고 나도 안다.

미군의 주둔 비용을 올려달라고 주장하는 것은 대한민국의 무기 수입이 현저히 줄어들었기 때문이니 그들의 협상은 가지를 전부 쳐내고 곧장 전략무기 수입에 관한 것으로 범위를 축소시켜 나갔다.

한편으로 정부는 현재 미군 주둔에 대한민국이 얼마나 많은 부담을 하고 있는지에 대해 강하게 어필하며 주둔 비용의 추가 부담은 부당하다는 것을 국민들에게 호소했다.

국민들은 그동안 정부에서 쉬쉬하며 기밀로 지켜왔기에 이런 사실을 모르다가 매년 1조에 달하는 비용이 주한미군 쪽에 지불된다는 사실을 알게 되자 분노를 참지 못했다.

만약의 사태에 대비하기 위함이었다.

그동안 미국은 전략무기를 다른 나라에 판매한 적이 없었다.

그 이유는 자신들의 전략무기가 다른 나라에 들어갔을 경우 세계 경찰로서의 위상이 흔들릴 수 있다는 염려 때문이었다.

이런 상황이었으니 미국이 전략무기의 판매에 쉽게 응할 리 만무했다.

협상이 원만하게 진행되지 않으면 미국은 또다시 주한미군의 철수를 들먹거리며 대한민국을 협박할 가능성이 농후했다.

그랬기에 미리 알려야 했다.

주한미군의 철수에 대한 불안보다 불합리한 현실에 대한 분노가 국민들의 머릿속에 자리 잡도록 만들 필요성이 있었다.

                    *   *   *

미국의 반응은 예상대로였다.

국방부 장관 도널드 햄은 이해창 장관이 내민 구매 목록을 확인한 후 난색을 보였다.

"이 장관님, 이 무기들은 판매가 제한된 것입니다. 우리는 이 무기를 팔지 않을 것입니다."

"우리는 우방이지 않습니까? 적대국이 아닌데 왜 팔지 못하겠다는 겁니까?"

"미국의 이익에 위반되기 때문입니다."

"그러면 어쩌자는 겁니까? 우리 까놓고 말합시다. 당신들이 주한미군을 철수한다는 건 대한민국이 무기를 수입하지 않았기 때문이 아니오?"

"듣기 거북하군요. 주한미군은 그동안 한반도의 전쟁을 억제하는 데 결정적인 역할을 해왔습니다. 이 장관님도 알다시피 미국은 한미 연합 작전을 매년 시행하면서 엄청난 돈을 퍼부었지만 당신들은 한 푼도 대지 않았소. 우리 미군이 왜 한반도에 상주하는지 잊으면 안 됩니다. 미국은 한반도에 2만에 달하는 병력을 상주시키며 매년 3조에 달하는 비용을 지출하고 있단 말입니다. 그런데도 그런 소리를 할 수 있습니까?"

"이보시오, 그건 당신네 병사들의 월급과 무기 유지 및 훈련 비용이잖소. 그걸 왜 우리보고 대란 말이오!"

"다시 말씀드리지만 우린 한반도에 상주할 이유가 없습니다. 당신네 한국에서 요청했기에 있을 뿐이오. 그 사실을 간과하지 않길 바랍니다."

"음……."

이해창 장관의 얼굴이 시뻘겋게 달아올랐다.

마음 같아서는 눈앞에서 빙글거리는 도널드 햄의 면상을 한 대 갈기고 싶었지만, 대통령에게 받은 밀명으로 인해 끓어오르는 분노를 참느라 죽을 지경이었다.

"우리 국민은 현재 미군 주둔에 들어가는 비용을 알게 된 후 반미 감정이 점점 커지는 중입니다. 자, 우리 쉽게 갑시다. 정말 원하는 게 뭡니까? 어차피 주한미군의 주둔 비용은 올려주지 못한다는 걸 당신네도 알고 있을 거요. 그러니 원하는 걸 말하시오."

"좋습니다. 그렇게 말씀하시니 저도 솔직하게 말씀드리죠. 지금까지 해온 것처럼 적정 금액만큼 우리 무기들을 수입해 주시오. 그러면 주한미군의 주둔 비용에 관해서는 없던 걸로 하지요."

"우리보고 쓸모없는 무기들을 계속 사란 말입니까?"

"왜 쓸모없다고 생각하는지 모르겠군요. 대한민국의 무기체계는 전부 미국의 방위 시스템과 연동되어 있습니다. 따라서 우리 무기는 한국에 절대적으로 필요합니다."

"그건 절대 안 됩니다. 우린 이미 당신들이 팔고자 하는 재래 무기 수준 이상의 무기들을 생산하고 있습니다. 미국과의 연동 시스템이란 미명 아래 그동안 형편없는 무기들을 계속 샀지만, 이젠 그렇게 하지 않을 겁니다."

"정말입니까?"

"다시 말씀드리지만 우린 이 목록에 있는 전략무기들을 원합니다. 그렇게 할 거면 하고 안 그럴 거면 당신들 마음대로 하시오."

이해창이 자신이 가지고 온 목록 서류를 도널드 햄의 면전에 내밀며 자리에서 벌떡 일어섰다.

튕겨야 한다.

놈들이 어떻게 나오든 일단 배짱으로 밀어붙여야 팽팽한 싸움을 벌일 수 있었다.

쉽지 않은 싸움이란 건 안다.

하지만 과거와는 다르다.

일방적으로 끌려다니던 과거와 현재가 다른 이유는 대한민국에 세계를 웅비할 신무기들이 꿈틀거리고 있기 때문이다.

*   *   *

협상은 진전이 더딜 수밖에 없었다.

양측의 의견이 팽팽하게 맞서는 상황이었으니 어떤 결론도 쉽게 도출되지 않았다.

미국에서는 시간을 끄는 대한민국을 상대로 순차적 주한미군 감축안을 꺼내 들며 압박을 강행했다.

하지만 최강철이 이끄는 정부는 미국의 압박에 한편으로는 회유를, 한편으로는 강경 대응을 하면서 6개월을 버텼다.

최강철이 비밀리에 금산으로 향한 것은 미국의 국방부 장관 도널드 햄이 다음 달 15일까지 한국 측의 명확한 답변이 없으면 주한미군의 순차적 철수를 시작하겠다며 공식 문서를 보내온 다음 날이었다.

수행은 비서실장인 김도환과 안보수석, 국방부 장관과 공군 참모총장으로 최소화했고 언론에는 일체 알리지 않았다.

그가 금산의 비룡 컨트롤타워에 도착하자 정일환 박사를 비롯하여 비룡의 핵심 수석 연구원들이 현관까지 마중 나와 있었다.

"정 박사님, 오랜만입니다."

"대통령님. 축하 인사가 늦었습니다. 진즉 전화를 드리고 싶었지만 곧 만날 날을 기약하며 간신히 참았습니다."

"그 마음 잘 알죠. 정 박사님과 제가 어디 한두 해 같이한 사입니까?"

정일환 박사의 인사에 최강철이 활짝 웃었다.

정말 오래된 인연이다.

비룡을 만든 지 벌써 17년. 그동안 정일환 박사는 비룡을 이끌며 머리가 백발로 변해 있었다.

"대통령님, 올라가시죠."

"예."

정일환 박사의 안내에 따라 비룡의 핵심 연구단지이자 금산 전체를 관장하는 컨트롤타워에 들어섰다. 그러자 어마어마한 전자기기들이 눈앞에 나타났다.

무려 오백 평에 달하는 사무실에는 각종 모니터와 전자기기들이 빽빽하게 깔려 있었는데, 30여 명의 요원들이 자리를 잡은 채 그를 기다리고 있었다.

"안녕하십니까, 대통령님. 뵙게 되어 영광입니다. 저는 이번 '불사조—3' 프로젝트의 책임을 맡고 있는 유일성입니다."

"말씀은 많이 들었습니다. 정 박사님이 유 박사님이야말로 이 분야의 세계 최고라고 그렇게 자랑을 많이 하셨어요."

"부끄러운 말씀입니다."

50대 중반의 유일성은 최강철의 말을 듣고 얼굴을 붉혔다.

그는 MIT 공대에서 전자공학을 전공했는데 MIT 공대 역사상 최연소 박사였고, 프랑스의 항공사 다쏘에서 선임 연구원으로 오랫동안 근무하다 비룡으로 스카우트되어 온 전투기 제작의 세계적인 권위자였다.

최강철은 사무실 중심에 모여 있는 연구진과 차례대로 악수를 한 후 미리 마련되어 있는 의자에 앉았다.

수고에 대한 치하, 그리고 오랜 연구 과정에서 생긴 일화들을 이야기하고 잠시 담소를 나누며 연구진을 위로했다.

유일성 박사가 자리에서 일어난 것은 정일환 박사가 이제 시작하자는 듯 눈짓을 했기 때문이다.

커튼이 자동으로 닫히며 전면 상단에서 대형 모니터가 부드럽게 내려왔다.

"대통령님, 그럼 지금부터 저희 비룡에서 완성한 불사조—3와 삼족오—2에 대한 보고를 시작하겠습니다. 먼저 불사조—3입니다. 불사조—3의 핵심은 완벽한 스텔스 기능이라고 할 수 있습니다."

유일성 박사의 설명은 1시간 가까이 지속되었다.

미국이 자랑하는 F—22 랩터와 비교해도 전혀 손색이 없는 국산 전투기 불사조—3.

유일성 박사가 설명해 나가는 불사조—3의 무기체계, 비행

속도, 작전 반경 등은 최강철의 입에서 저절로 웃음이 피어날 만큼 엄청난 것이었다.

그에 이어 스텔스 폭격기 삼족오—2의 설명도 이어졌다.

도시 하나를 한꺼번에 날릴 수 있는 삼족오—2는 적의 레이더를 무력화시키며 유령처럼 날아가 단숨에 심장부를 강타할 수 있는 능력을 가지고 있었다.

"정말 대단하군요. 그동안 정말 수고 많으셨습니다."

"이게 전부 대통령님께서 저희를 믿어주셨기에 가능했던 일입니다. 세계 어떤 항공사도 비룡처럼 막대한 연구 예산을 지원받지 못했습니다. 세계 최고의 연구진과 시설을 가지고 이 정도 작품을 만들지 못한다면 얼굴을 들고 다니지 말아야죠."

"하하, 정 박사님이 저를 다 칭찬해 주시고 별일입니다."

"나이가 들어서 그렇습니다. 대통령님께서 그동안 연구가 늦다고 얼마나 저를 닦달하셨습니까? 이젠 그런 소리 듣지 말아야죠. 앞으로는 저도 아부 같은 거 하면서 살 생각입니다."

"아이고……!"

정일환 박사의 농담에 최강철이 정말 유쾌하게 웃었다.

대통령을 맞이해서 긴장한 좌중의 분위기가 그 웃음소리로 한꺼번에 풀렸다.

대통령인 최강철도, 여기에 모인 사람들도 모두 오늘만큼은 실컷 웃어도 된다.

"대통령님, 이제 실물을 보셔야죠."

"그놈들, 어디 있습니까?"

"활주로에 준비해 놨습니다. 밖에 차량이 있으니 5분 정도만 이동하시면 예쁜 모습을 보시게 될 겁니다."

"심장이 마구 두근거리는군요. 엄청나게 강한 선수들과 싸울 때도 이런 느낌을 받은 적이 없는데 지금 이 순간만큼은 가슴이 떨려서 일어나기도 힘듭니다."

"사실 저도 그렇습니다. 대통령님께 이놈들을 보여 드리게 돼서 너무나 기쁩니다."

일어선 최강철이 손을 잡자 정일환 박사가 뜨겁게 마주 잡아왔다.

그들에게는 지금 이 순간이 남달랐다.

아무것도 없는 대한민국에서 새로운 세계를 창조해 냈으니 가슴속에서 벅차오르는 감동을 숨길 수가 없었다.

준비된 차량으로 활주로로 이동하자 멀리서 준비하고 있는 두 대의 기체가 모습을 드러냈다.

최강철은 경호원들이 열어주기 전에 문을 열고 먼저 움직였다.

기다릴 수 없을 정도로 급했다.

문을 열고 나온 대통령이 부지런히 걸어 나가자 경호원들이 깜짝 놀라 부랴부랴 그를 에워쌌다.

개활지.

이런 곳은 저격하기에 최적의 장소이기 때문이다.

하지만 최강철은 그런 위험은 전혀 안중에 두지 않고 웅장하게 서 있는 불사조—3와 삼족오—2를 향해 달리듯 걸어갔다.

그러고는 동체가 한눈에 보이는 곳에 멈춰 서서 한동안 움직이지 않았다.

아름다웠다. 그리고 더없이 강해 보였다.

이놈들을 만나기 위해 무려 17년이란 세월을 기다렸다.

그동안 쏟아부은 돈을 따진다면 1,000억 달러에 육박했으니 정말 많은 돈이 들어간 놈들이다.

그럼에도 막상 만나게 되자 더없이 반가웠다.

그랬기에 최강철은 날렵한 모습으로 당당하게 서 있는 불사조—3의 동체를 어루만지며 이렇게 중얼거렸다.

"불사조—3, 삼족오—2, 너희들은 대한민국의 힘이다. 앞으로 대한민국의 푸른 영공을 잘 부탁한다."

*   *   *

대한민국의 언론이 발칵 뒤집혔다.

국방부 장관이 직접 금산에 기자들을 불러 모은 후 불사조

—3와 삼족오—2의 개발을 공식화했기 때문이다.

금산으로 모인 기자들은 꿈의 전투기라 불리는 불사조—3와 삼족오—2의 기체를 직접 눈으로 확인한 후 감격에 몸을 떨었다.

창공을 날아오른 불사조—3와 삼족오—2는 순식간에 공간을 넘어서 새까만 점이 되었다. 그들의 육안에서 사라지기까지 무시무시한 이동속도를 자랑했다.

국방부에서 준 보도 자료와 영상이 그대로 국민들에게 전달되었다.

화면을 통해 국산 전투기와 폭격기의 모습을 본 국민들은 환호성을 지르면서도 차마 믿기지 않는다는 반응을 보였다.

세계 최고의 전투기와 폭격기는 그냥 생기는 것이 아니기 때문이다.

하지만 계속되는 보도에서 국산 전투기와 폭격기를 완성하기 위해 그동안 노력해 온 과정들이 여과 없이 알려졌다. 국민들은 그때야 탄성을 지르며 열렬한 환영을 나타냈다.

전투기와 폭격기는 현대전에서 가장 중요한 핵심 전력 중 하나이다.

오죽하면 달라는 대로 주겠다는 애원을 무시하며 미국이 F—22 랩터를 보물처럼 다루겠는가.

타국에 비해 월등한 전투력을 자랑하는 불사조—3와 삼족오—2의 등장은 대한민국 군사력의 위상을 한순간에 바꿔놓을 만큼 충격적인 것이었다.

6개월을 질질 끌던 주한미군의 주둔 비용 문제는 불사조—3와 삼족오—2가 등장하면서 끝난 것이나 다름없었다.

주한미군의 철수를 우려하던 국민들은 세계 최고 수준의 국산 전투기와 폭격기의 개발이 알려지자 언제 그랬냐는 듯 당당한 모습으로 바뀌었다.

당황한 것은 미국이었다.

철저하게 베일에 싸여 있던 한국의 신형 전투기와 폭격기가 자신들이 자랑하는 F—22 랩터, B2A 수준이란 게 알려지자 미국은 난감한 상황에 빠져들었다.

한국이 이지스함을 비롯해서 항공모함을 제작하며 대양 함대를 지향하고 있었지만, 전투기와 폭격기의 수준이 미달되는 한 그 전력을 무시할 수 있다고 판단했다.

하지만 불사조—3와 삼족오—2가 등장하면서 상황이 백팔십도로 바뀌었다.

만약 현재 제작이 거의 완료된 항공모함 광개토대제에 불사조—3가 탑재된다면 동아시아의 해상은 한국이 경영할 가능성이 농후했다.

더 큰 문제는 입으로 뱉어놓은 미군 철수 문제였다.

북한의 위협 운운하면서 무기를 수출하기 위해 떠들던 미군 철수 문제가 이제 그들에게 계륵이 되어버렸다.

그냥 없던 것으로 하자니 전 세계에 얼굴을 들지 못하겠고, 정말 철수한다면 수많은 난관에 부딪히기 때문이다.

2만에 달하는 병력을 철수하기 위해서는 수용 장소와 시설이 필요하고 천문학적인 비용이 소요되는데 미국 정부는 현재 그걸 감당할 능력이 되지 못한다.

오히려 칼은 이제 대한민국 정부가 쥐게 되었다.

이해창 국방부 장관은 도널드 햄에게 최후통첩을 보내 미국의 결단을 촉구했다.

"F—22 랩터는 이젠 필요 없소. 대신 최근에 개발된 차세대 공중급유기와 조기 경보기, 헬파이어—3를 우리에게 판매하시오. 그러지 않을 거면 주한미군을 철수해도 좋소."

*   *   *

최강철은 대통령에 취임한 후 미국에 가지 않았다.

역대 대통령들이 취임한 후 상국에 대해 문안을 하는 것처럼 미국을 방문하는 게 싫었기 때문이다.

최강철이 대통령이 되었을 때 오바마는 직접 전화를 걸어와 축하한다는 인사를 하며 언제 올 거냐고 질문했다.

그 질문에 최강철은 현안 사항이 너무 많아 기약을 하지 못하겠다는 말을 남겼다.

두 번이나 정식 초청이 왔으나 버티며 가지 않았다.

나는 대한민국의 대통령이다.

너희들의 그 고압적인 자세가 바뀌지 않는 한 나는 그곳에 가지 않을 것이다.

오바마가 외교 라인을 통해 한국을 방문하겠다는 의사를 타진해 온 것은 취임한 지 일 년이 다 되어갈 무렵이었다.

그 보고를 받으며 최강철은 빙그레 웃었다.

국가의 외교 문제는 필요한 놈이 먼저 덤비게 되어 있었다.

"주한미군 문제 때문이겠죠?"

"그렇습니다. 더불어 한미 FTA 협상 건도 걸려 있습니다."

최강철의 질문에 경제수석 신규성이 즉각 대답했다.

그는 예전에도 철저하게 예의를 지켰지만 최강철이 대통령에 오른 후에는 더욱 몸가짐을 조심스럽게 했다.

그 모습을 보면서 최강철이 탁자를 툭툭 두들겼다.

"몸이 달았겠군요."

"그렇습니다. 현재 대미 흑자가 작년 말 기준 400억 달러를 넘고 있습니다. 이런 추세가 계속된다면 금년에는 500억 달러에 달할 것으로 예측됩니다. 미국 측에서는 이런 적자를 더 이상 용인할 수 없다는 분위깁니다."

"원인은 뭐죠?"

"우리나라의 전기 전자, 화학, 철강을 비롯해서 자동차까지 거의 전 분야가 흑자를 기록하고 있습니다. 피닉스그룹이 그 선봉 역할을 톡톡히 하고 있지요. 미국에서는 FTA를 통해 무역 불균형을 해소하고 싶어 합니다."

"순순히 물러설 수는 없는 일 아닙니까?"

"그렇죠. 하지만 그들은 모르는 게 있습니다. 관세 철폐를 하게 되면 오히려 우리의 대미 수출은 급격하게 증가할 겁니다. 피닉스전자와 자동차에서 개발 중인 20나노급 반도체와 전기자동차가 출시되는 순간 미국 시장을 초토화시킬 테니까요."

"그들도 이미 알고 있을 텐데요?"

"당연히 알고 있죠. 그럼에도 FTA를 체결하려는 건 자신들에게 최대한 좋은 조건을 얽어매겠다는 뜻입니다."

"우리 측 안건은요?"

"모든 상황에 대비해서 시나리오를 짜놓고 있습니다. 그들이 해올 제안과 우리 측의 카드를 조합해서 최상의 협상을 끌어낼 계획입니다."

신규성이 자신 있게 대답하자 최강철이 탁자를 두드리던 손놀림을 천천히 거둬들였다.

그런 후 알 수 없는 눈초리로 신규성을 빤히 바라보았다.

"한 가지를 얻으려면 한 가지는 줘야 합니다. 그런 게 세상의 이치죠. 안 그렇습니까?"

"그렇습니다."

"미국은 여전히 세계 최강이고, 세계경제를 주무르고 있는 강대국입니다. 그들에게 명분을 줘야 합니다. 이제 저는 오바마가 오게 되면 그와 담판을 지을 생각입니다."

"어떤 담판을……."

"군사작전권의 확보, 그리고 주한미군의 점진적 철수입니다. 한미상호방위조약은 유지하겠지만 이 두 가지는 반드시 확보할 필요가 있습니다. 이제 한반도는 전쟁의 공포에서 완전히 벗어나야 합니다. 그러기 위해서는 주한미군이 더 이상 있을 필요가 없습니다."

"너무 빠르지 않을까요?"

"아뇨, 빠르지 않습니다. 우린 이미 우리 영토를 지킬 능력이 충분합니다. 어떤 국가와 싸워도 쉽게 지지 않을 전력이 조만간 구축됩니다. 그런 마당에 외국의 군대를 우리 영토에 주둔시킬 이유가 없단 말입니다."

"미국이 곤란해하겠군요."

"FTA 협상 때 그들의 요구를 어느 정도 받아주는 안을 준비해 주세요. 어차피 어떤 안을 들고 나와도 이제 미국은 우리에게 안 됩니다. 미래는 대한민국의 것입니다. 그들이 아무리 발버둥 쳐도 모든 기업이 미래를 준비하고 있는 대한민국과 경쟁이 될 수 없습니다."

"무슨 말씀인지 알겠습니다. 하지만 쉽게 물러서지는 않겠습니다. 최대한 시간을 끌면서 협의해 나가도록 하겠습니다."

"어련하시겠습니까. 우리 신 장관님은 짠돌이로 유명하신데요."

"아이고, 왜 이러십니까. 저를 이렇게 만든 건 대통령님이십니다."

"푸하하! 그런가요?"

최강철이 유쾌하게 웃었다.

마이다스 CKC 한국 지부를 미국과 거의 비슷한 규모로 끌어올린 신규성의 경영 능력은 이미 한국 경제계에서 신화로 알려진 상태였다.

유쾌하게 웃던 최강철이 웃음을 멈춘 건 신규성이 자리에서 일어나기 위해 주섬주섬 서류를 챙길 때였다.

"장관님, 잠시만……."

"무슨 하실 말씀이라도……?"

"이제 때가 된 것 같습니다."

"어떤 때를 말씀하시는 거죠?"

"피닉스그룹을 상장시키십시오. 이제 상장시킬 때가 되었습니다."

"정말이십니까?"

"그렇습니다. 우리는 이제 본격적으로 천문학적인 돈이 필요합니다. 저는 최단시간 내에 대한민국의 국방 전력을 중국 수준으로 맞출 생각입니다."

"중국은 왜요?"

"통일에 가장 큰 걸림돌이 바로 중국이기 때문입니다. 아직도 그들은 북한 정부 뒤에서 영향력을 행사하고 있어요. 북한 쪽 일각에서 불협화음이 생기는 것도 그들 짓입니다. 중국을 뒤에 업고 김정일 위원장에게 반발하는 세력이 있거든요."

"혹시 쿠데타를 생각하시는 겁니까?"

"그건 김정일 위원장이 살아 있는 한 불가능합니다. 하지만 김정일 위원장의 건강이 걱정이에요. 때가 되기 전에 그분에게 변고가 생기면 일이 엉뚱하게 돌아갈 수 있어요. 그래서 서둘러야 합니다. 중국이 함부로 한반도의 일에 끼어들지 못하도록 전력을 강화할 필요가 있어요."

"피닉스그룹 전체를 상장시키면 천문학적인 돈이 들어옵니다. 설마 그 돈을 전부 전력 강화에 투입할 생각이십니까?"

"그럴 생각입니다. 저는 불사조─3와 삼족오─2가 최단시간 내에 실전 배치되도록 생산 라인을 강화시킬 생각입니다. 더불어 제 임기 내에 3개의 항공모함 전대를 구축하려고 합니다."

"대통령님, 시장에 피닉스전자만 풀려도 충격이 클 겁니다.

한꺼번에 상장하기엔 무립니다."

"당연히 그렇겠지요. 국내 자본만으로는 힘들 겁니다. 하지만 피닉스그룹은 세계적인 기업으로 성장했기 때문에 외국 자본을 충분히 유치할 수 있습니다. 지금도 피닉스그룹의 상장을 기다리는 투자회사가 셀 수 없이 많습니다. 그러니 그리 큰 문제는 생기지 않을 겁니다."

"시장에 푸는 지분율은 얼마나 생각하고 계십니까?"

"일단 50%를 푸십시오. 그 정도면 충분한 금액을 확보할 수 있지 않겠습니까?"

"충분한 정도가 아니지요. 대략 계산해도 피닉스그룹 전체를 풀면 500조 이상 나옵니다. 대통령님, 국방 전력에 투입하기에는 너무 큰돈입니다. 혹시 다른 생각도 가지고 계신 겁니까?"

"그건 나중에 말씀드리지요."

*   *   *

오바마는 혼자 오지 않았다.

자신의 최측근인 국무부 장관과 국방부 장관, 그리고 FTA를 염두에 두었는지 협상 전문가들도 대거 포함되어 있었다.

최강철은 오랜 친구인 오바마의 방문에 맞춰 직접 공항까지 영접을 나갔다.

국가의 위상이 꿇리기 때문이 아니다.

이미 국제사회에서는 최강철이 대통령에 취임한 후 미국에게 보인 당당함을 전부 알고 있었다. 그렇기 때문에 최강철이 공항까지 마중 나간 것에 대해 어떤 언급도 나오지 않았다.

대신 두 사람의 친분이 새삼스럽게 부각되면서 화제를 불러 모았다.

오바마와 최강철.

전 세계 언론은 두 사람의 오래된 인연을 이미 알고 있었는데, 미국과 대한민국의 대통령이 되어 다시 만난 두 사람을 조명하며 수많은 이야기를 양산해 냈다.

"어서 오세요, 대통령님. 반갑습니다."

"나의 오랜 친구, 너무 오랜만이군요. 정말 보고 싶었습니다."

최강철의 인사에 오바마가 화답하면서 먼저 끌어안아 왔다.

그런 오바마의 손길을 최강철은 단단한 몸으로 받아들였다.

수많은 기자들이 두 사람의 포옹 장면을 찍어대느라 정신이 없었다.

공항에는 거의 500여 명의 기자가 몰려 있었는데 정부 각료를 비롯하여 환영 인사들까지 인산인해를 이루었다.

두 사람은 대통령 전용차에 나란히 올라타 청와대로 향했다.

최강철이 오바마의 손을 이끌어 같이 가자고 제안했기 때문이다.

공항에서 서울 시내로 들어오는 길에 오마바는 한강변 전체에 건설되고 있는 고층 빌딩들을 바라보며 입을 떡 벌렸다.

한강 양쪽은 각양각색의 빌딩이 새롭게 들어서고 있었는데 그 규모가 너무나 대단해서 저절로 감탄이 나올 정도였다.

"정말 대단하군요. 한강이 언제 이렇게 변했단 말입니까. 어떻게 이럴 수가 있죠?"

"전임 대통령의 작품입니다. 한강을 세계적인 관광지로 만들기 위해 새롭게 단장하고 있는 중입니다."

"엄청난 돈이 들 텐데요?"

"민자를 유치했습니다. 대한민국 기업이 대부분 참여했지요. 아마 완성되면 세계에서 가장 아름다운 명소가 될 것입니다."

"한국의 발전이 대단하다는 건 이미 알고 있었지만, 막상 한강을 보게 되니 입이 다물어지지 않는군요. 뉴욕보다 훨씬 매머드한 것 같습니다."

"과찬이십니다."

오바마의 감탄은 거기에서 그치지 않았다.

서울 시내에 들어서서 깨끗하게 정리된 도시를 본 오바마는 연신 탄식을 흘려냈다.

전선줄이 완벽하게 사라진 서울 시가지는 한 폭의 그림을 보는 것 같았다.

격자망으로 정비된 도로, 그리고 각종 시설물, 광고 간판 하나조차 정연하게 정비되어 있었는데 거리에는 쓰레기를 찾아 보기 어려웠다.

＊　　　　＊　　　　＊

오바마의 한국 체류 일정은 3박 4일로 제법 여유가 있는 편 이었다.

그럼에도 잠시도 쉬지 못할 정도로 바쁘게 움직였다.

국회 연설을 시작으로 미군 주둔 기지를 방문했고, 주한미 국인들과의 만찬, 그리고 최강철이 마련한 만찬 등 각종 행사 를 소화하느라 정신이 없었다.

하지만 그와는 별도로 수행해 온 국무부 장관과 국방부 장 관도 대한민국 장관들과 계속 접촉하면서 바쁜 시간을 보냈다.

그냥 놀러 온 게 아니었다.

서로에게 필요한 것을 얻기 위해 왔으니 오리가 물밑에서 부지런히 발을 움직이는 것처럼 쌍방은 서로의 국익을 위해 정신없이 움직였다.

오바마와 최강철이 단둘이 만난 건 공식 일정이 모두 끝난 저녁 무렵이었다.

"오셔서 바쁘게 움직이느라 힘드시겠습니다."

"별말씀을요. 대통령님께서 워낙 준비를 잘해주셔서 즐겁

게 다닐 수 있었습니다. 아쉬운 건 예전처럼 대통령님과 농구
를 못 했다는 것이죠."

"아하, 그걸 미처 생각하지 못했습니다. 미리 말씀해 주셨더
라면 재밌게 한판 했을 텐데요."

"하하하, 만약 그랬다면 세계적인 화제가 되었을 겁니다."

두 사람이 동시에 웃었다.

막상 농구 이야기가 나오자 젊을 적 즐겁게 뛰던 추억이 생
각났기 때문이다.

그러고 보면 오래된 인연이다.

물론 최강철에 의해 의도적으로 만들어진 인연이지만 사정
을 모르는 오바마에게는 커다란 추억이 아닐 수 없었다.

먼저 웃음을 그친 것은 오바마였다.

"대통령님, 요즘 들어 우리 미국과 한국의 관계가 소원해졌
습니다. 전혀 원하지 않던 일인데 이상하게 자꾸 일이 꼬이는
군요."

"저 역시 그런 생각을 하고 있었습니다. 미국은 대한민국의
가장 커다란 우방입니다. 저는 미국과 대한민국이 좋은 관계
속에서 같이 발전해 나가기를 기원하고 있습니다."

"저는 내일 떠납니다. 대통령님과 저는 깊은 인연이 있는 사
이이니 우리 솔직하게 대화를 해도 될 것 같습니다. 그렇지
않습니까?"

"당연한 말씀입니다. 서로 속을 터놓고 이야기하면 해결하지 못할 일이 뭐가 있겠습니까?"

"먼저 묻고 싶습니다. 대통령님께서는 주한미군의 주둔 비용을 더 이상 지불하지 않겠다고 하셨다는데 그게 사실인가요?"

"그렇습니다. 대통령님께서 아시는 것처럼 북한은 주한미군의 주둔에 대해 필요 이상의 경각심을 가지고 있습니다. 우리 민족은 오랜 시간 아픔 속에서 분단의 세월을 보냈습니다. 이제 서로가 왕래하면서 평화로운 통일에 다가서고 있는데 이런 상황에서 계속 미군이 주둔한다는 건 바람직하지 않다는 판단입니다. 대통령님, 미국은 대한민국을 도와 전쟁까지 치른 우방입니다. 그런데도 이런 말씀을 드리게 되어 정말 죄송하지만, 우리 민족의 간절한 통일 염원을 감안해 주시기를 진심으로 부탁드립니다."

"저희의 입장은 사실 곤란한 상황입니다. 그동안 이전 정권들이 주한미군을 빌미로 많은 요구를 해왔다는 것을 저는 압니다. 그렇기에 한국의 태도를 강력하게 비난하기 어렵군요. 하지만 당장 2만여 명의 주한미군을 철수한다는 건 쉽지 않은 일입니다. 저희도 준비가 필요하고 그 비용도 어마어마하게 필요하니까요."

"저희가 일정 부분 분담하겠습니다. 그동안 대한민국을 도와준 미국을 위해 저희 정부가 그 정도는 해야 된다고 생각합니다. 얼마나 필요한지 말씀하시면 저희가 검토해서 분담 방안을 논의토록 하겠습니다."

"정말입니까?"

"그럼요. 대한민국과 미국은 친구니까요."

"한미상호방위조약은 어쩌실 생각입니까?"

"당연히 유지해야지요. 제가 군사작전권을 가져오려는 건 이제 저희가 주체가 되어야 한다는 생각 때문입니다. 언제까지 미국에게 부담을 줄 수는 없는 일 아니겠습니까?"

"그렇군요. 그건 저희도 바라는 바입니다. 그럼 대통령님께서는 언제부터 주한미군을 철수시켰으면 좋겠습니까?"

"저는 내년부터 철수를 시작했으면 좋겠습니다. 철수에 필요한 조치는 저희가 그동안 준비하겠습니다."

"각료들에게 들으니 대통령님께서 저에게 선물을 주신다고 들었습니다."

"그동안의 고마움에 보답하기 위해 저희 각료들을 설득했습니다. 일방적인 무역 불균형은 서로에게 도움이 되지 않습니다. 그렇기에 가장 좋은 안을 찾아보라고 했습니다."

"설마 저와의 오랜 인연 때문에 이렇게 많은 양보를 해주시는 건 아니겠죠?"

"그럴 리가요. 저희 대한민국은 앞으로도 미국과 같은 방향으로 나아가며 세계 평화에 이바지하고 싶습니다. 그러니 대통령님, 저희 앞으로 다가올 한반도의 평화통일에 깊은 관심을 가져주시기 바랍니다."

최강철은 따뜻한 시선으로 오바마를 바라봤다.

그와 함께한 시간 동안 음성은 한없이 부드러웠고 오바마가 불쾌하지 않을 만큼 언어 사용에 간곡함을 곁들였다.

언제가 될지 모를 한반도의 평화통일을 위해서는 미국의 협조가 절대적이었기에 미국 국민들에게 지지를 받고 있는 오바마를 설득해야 했다.

하지만 하고 싶은 말을 다 했다.

우리 대한민국은 이제 미국의 속박에서 벗어나겠다는 강력한 메시지를 미국 대통령 앞에서 당당하게 말했고, 또한 동의를 얻어냈으니 자주국방의 꿈이 드디어 실현되는 순간이었다.

제66장
여명 작전

미군 철수는 정확히 한미 정상회담이 끝난 일 년 후부터 시작되었다.

역사적인 순간이다.

60년 전 대한민국의 땅을 밟은 미군은 50년의 휴전, 그리고 5년의 종전 기간을 거쳐 드디어 한반도에서 철수하기 시작했다.

2013년 3월의 일이다.

최강철이 집권한 지 2년이 지난 지금,

대한민국 경제는 작년 말 기준 세계 4위로 도약하며 드디어 일본을 제쳤다.

앞 순위에 미국과 EU, 중국이 자리 잡고 있었으나 그들의 땅덩어리와 인구수에 의해 차이가 날 뿐 개인당 국민소득으로 따진다면 오히려 그들보다 더 나았다.

특히 EU는 국가연합체였기 때문에 단순 비교가 불가했으니 단일국가로 따진다면 3위라고 볼 수 있었다.

2012년 말 대한민국 1인당 국민소득은 52,000달러를 기록하며 OECD 국가 중 1위를 달성했다.

물론 룩셈부르크와 스위스 등의 북유럽 국가와 모나코, 카타르 등의 중동 국가들이 7만 불을 넘으며 가장 잘사는 국가로 등재되어 있지만 국력으로 따진다면 그들은 아예 대한민국의 상대도 되지 않는다.

피닉스전자의 반도체와 인공지능 로봇, 스마트폰이 세계를 휩쓸었고, 작년부터 판매되기 시작한 피닉스자동차의 전기자동차가 무려 3,000만 대를 돌파하며 자동차 시장을 석권했기 때문이다.

그뿐만이 아니다.

대한민국의 기업들은 진화된 기술로 세계시장을 장악하고 있었는데 조선은 물론이고 건설, 화학 등 전 분야에서 압도적인 기술력을 장착한 채 활보하고 있었다.

불과 십여 년 만에 벌어진 일이다.

정경유착이 완전히 사라졌고, 기업을 투명화해서 재벌들의 재산 사유화를 완벽하게 막았다. 각종 규제 방안을 철저하게 제거했으며, 신기술 투자에 앞장선 기업에게는 특혜를 주면서 성장시킨 것이 원인이었다.

대한민국 최초의 항공모함 광개토대제가 동해안에 모습을 드러낸 것은 미군 철수가 본격적으로 이뤄지던 2013년 5월이었다.

원자력으로 추진되는 광개토대제는 총 85기의 전투기가 실렸는데 불사조-2 60대, 불사조-3가 25대였으며 폭격기 삼족오-2가 별도로 작전에 가담할 수 있었다.

축구장 세 개를 합한 면적을 가진 광개토대제에는 7,000명의 승조원이 탑승했고, 항모 전체 높이는 78m였다.

그러나 무엇보다 무서운 건 광개토대제를 호위하는 함대의 규모였다.

8대의 이지스 구축함과 순양함, 3대의 핵잠수함, 3대의 지원함이 따라붙는 광개토대제 함대는 웬만한 국가는 그대로 깔아뭉갤 수 있는 전력을 갖추었다.

광개토대제가 취역하는 날 대한민국은 축제에 젖어들었다.

그토록 꿈꿔오던 항공모함 함대를 대한민국이 가졌다는 감동에 국민들은 높이 술잔을 들어 건배를 외쳤다.

최강철은 함선에 올라 드넓게 펼쳐진 바다를 바라보며 국민들의 환호성을 들었다.

푸른 바다의 파도 소리가 국민들의 환호성과 함께 겹쳐 들렸다.

그들과 같은 감동이 가슴에 자리 잡았으나 최강철은 묵묵하게 한참 동안 바다를 바라보다 발걸음을 돌렸다.

아직 멀었다.

이 바다를 장악하기 위해서는 더 많은 노력과 고통이 따라야 한다는 걸 나는 너무나 잘 알고 있다.

              *   *   *

이라크 대사관의 이민호 대사는 퇴근하기 위해 책상을 정리하다가 한 통의 전화를 받았다.

전화를 해온 건 이라크 정부의 보안장관 알 핫산이었는데 그의 목소리는 허공에 붕 뜬 것처럼 허둥대고 있었다.

알 핫산과는 이곳에 와서 친해졌는데 가끔가다 식사를 하는 사이였다.

"핫산, 어쩐 일이오?"

ㅡ대사님, 큰일 났습니다.

"왜 그럽니까? 무슨 일입니까?"

ㅡIS가 오늘 아침 23명의 한국인을 납치했습니다.

"우리 의료봉사단 말입니까? 그들은 바그다드에 있었는데 납치라니요? 정말… 그게 사실입니까?"

─IS 특수 용병단이 침입했습니다. 지금 정부에서 놈들의 위치를 확인하기 위해 백방으로 수소문 중인데 아직 행방이 묘연한 상태라고 합니다.

알 핫산의 말을 들은 이민호 대사의 머릿속이 하얗게 비었다.

한두 명도 아니고 무려 23명이다.

한영대학교 의료봉사단이 이라크를 찾은 것은 보름 전이었는데 정부에서는 안심 지역인 바그다드에서 활동한다는 조건으로 승인해 줬다.

큰일이다.

IS는 광신도 집단으로 지금 한창 이라크와 시리아에 세력을 확대해 나가면서 독립국가 건설을 외치고 있는 무장 세력이다.

더군다나 사람 목숨을 파리 목숨처럼 여기기 때문에 자칫 잘못하면 엄청난 불상사가 생길 수 있었다.

"오늘 아침에 납치되었다면서 어떻게 지금에서야 연락을 합니까? 그렇게 철저히 보호해 달라고 신신당부를 했는데 이제 와서 헛소리라니… 그게 지금 나한테 할 소리요!"

─죄송합니다. 대사님도 아시겠지만 저희 정부는 현재 IS와

의 전쟁 때문에 치안이 엉망입니다. 더군다나 그놈들은 경비 병력을 전부 사살하고 도주했습니다. 뒤늦게 알고 먼저 바그다 드 일대를 전부 통제했지만 이미 빠져나간 것 같다고 합니다.

"으……."

개새끼들.

저절로 욕이 튀어나오는 걸 간신히 참았다.

내전을 겪으면서 수많은 부상자가 죽어나가는 것을 두고 보지 못해 찾아온 봉사단이었기에 최선을 다해 보호하겠다고 큰소리 뻥뻥 치더니 이제 와서는 어쩔 수 없었다고 한다.

사전에 그렇게 신신당부했음에도 이런 일이 벌어진 건 이라 크 정부의 사정이 그만큼 나빠졌기 때문일 것이다.

지금 알카이 지역을 중심으로 접경지역에서는 연일 전투가 벌어지고 있었는데 이라크 정부군이 오히려 밀리는 상황이었다.

"당신 지금 어디요? 내가 지금 가겠소."

―저는 보안국에 있습니다. 하지만 오셔도 소용없을 겁니 다. 이미 놈들이 IS 세력권으로 넘어간 이상 우리가 할 수 있 는 건 아무것도 없으니까요.

"씨발, 그건 난 모르겠고, 일단 갈 테니 기다리시오. 무조건 찾아내야 합니다. 우리 국민들, 어디 있는지 무조건 찾아내란 말이야!"

                    *   *   *

　민정식 교수는 화물칸에 널브러져 있는 레지던트와 인턴들
을 보면서 눈이 뿌옇게 흐려졌다.

　지금 이 화물차에는 그와 5명의 제자가 있었는데 나머지는
어디로 갔는지 알 수 없었다.

　벌써 이틀째 자신들을 납치한 자들은 끊임없이 어디론가
이동하는 중이었다.

　한영대학교 병원은 매년 의료지원이 필요한 곳을 찾아 세계
에 의료봉사단을 보내왔는데 올해 선정된 곳은 이라크였다.

　IS와의 전쟁으로 인해 수많은 사람들이 제대로 치료조차
받지 못한 채 죽어간다는 사실을 접하고 이라크에서 가장 안
전하다는 바그다드에 봉사단을 파견한 것이다.

　봉사 기간은 한 달이었으나 기간을 더 연장하고 싶을 만큼
다친 사람이 끊임없이 밀려들었다.

　정신없이 바빴다.

　식사할 시간이 아까울 만큼 많은 숫자의 부상병이 그들의
손길을 기다리며 후송되어 왔기 때문에 민정식 교수와 제자
들은 잠시도 쉴 틈이 없었다.

　복면을 한 괴한들이 공격을 해온 것은 이틀 전이었다.

　콰과광, 쾅쾅!

벼락같은 굉음이 들린 후 총소리가 천지에 울려 퍼졌다.

그들을 보호하기 위해 20여 명의 경비 병력이 보초를 서고 있었지만 괴한들에 의해 끌려 나갔을 때 그들은 이미 싸늘한 시체가 되어 있는 상태였다.

본능적으로 이들의 정체가 IS라는 것을 알았다.

IS에 대해서 기본적인 공부를 하고 왔기에 그들이 얼마나 잔인한지 충분히 알고 있었다.

그랬기에 제자들에게 그들이 시키는 대로 움직이라며 다독였다.

하지만 괴한들은 의료진을 무자비하게 폭행하며 화물차에 옮겨 실은 후 꼬박 이틀 동안 이동했다.

아무것도 먹지 못했다.

괴한들은 이틀 동안 물 이외에는 아무것도 주지 않았는데 아예 그들을 사람 취급도 하지 않았다.

잠을 이룰 수 없었다.

자신의 안위도 걱정되었지만 아직 새파랗게 젊은 제자들이 잘못될까 싶어 눈이 감기지 않았다.

영원히 멈추지 않을 것 같던 차가 멈춘 것은 그로부터 한 시간이 더 지난 후였다.

덜컹.

차가 멈추면서 굳게 잠겨 있던 문이 열리고 환한 빛이 쏟아져 들어왔다.

눈이 부셔 손으로 가린 채 문 쪽을 바라보자 십여 명의 괴한이 올라타더니 제자들을 짐승처럼 밖으로 몰고 나갔다.

그들의 손에 이끌려 차에서 내린 후에야 이곳에 납치되어 온 숫자가 11명이란 걸 알게 되었다.

나머지는 어디로 갔을까?

의문이 꼬리를 물었지만 물어볼 생각조차 하지 못했다.

괴한들이 머리를 뒤로 하게 만든 후 그의 머리를 땅바닥에 처박았기 때문이다.

*   *   *

외교부 장관 이창래가 청와대로 뛰어 들어온 것은 최강철이 저녁을 먹은 후 서지영과 함께 산책하고 있을 때였다.

국가적 위기 상황이 아니면 이젠 대통령도 일과 시간이 지나면 휴식을 취하는 게 정착된 지 오래였기 때문에 각료들이 이 시간에 들어온다는 것은 중요한 일이 터졌다는 뜻이다.

더군다나 이창래는 안색이 허연 상태로 산책로까지 달려왔다.

"이 장관님, 무슨 일입니까?"

"대통령님, 큰일 났습니다. 이라크에 갔던 의료봉사단이 IS에 납치되었답니다."

"납치되었다고요. 몇 명이나요?"

"23명이랍니다."

"자세히 말씀해 보십시오."

"한영대학교 의료봉사단이 이라크 바그다드에 갔습니다. 그게 보름 전의 일인데……."

이창래가 이라크 대사에게 보고받은 내용을 10여 분간 보고하자 최강철의 표정이 점점 무겁게 변해갔다.

IS라면 전 세계적으로 테러를 일으키는 무장 세력이고 사람의 생명을 하찮게 여기는 놈들이다.

"IS가 확실합니까?"

"현재 이라크에서 그런 짓을 할 놈은 그자들뿐입니다. 지금 이라크 정부에서 백방으로 추적하고 있지만 행방을 찾지 못했다고 합니다."

"납치한 이유도 정확하게 알지 못하겠군요?"

"현재로서는 그렇습니다."

"추정은?"

"IS는 지금 이라크와 전쟁 중입니다. 따라서 우리 봉사단의 지원이 못마땅했을 겁니다. 또 다른 이유는 인질을 잡고 돈을 요구하기 위함일 거라 추정합니다. 그자들은 대한민국이 잘산다는 걸 알고 있으니까요."

"지금 이라크 대사는 뭘 하고 있죠?"

"이라크 정부 쪽을 강하게 압박하고 있지만 뾰족한 방법을 찾지 못하고 있습니다."

"음……."

그럴 것이다.

이라크 대사관에서 할 수 있는 건 이라크 정부만 바라보는 게 전부일 수밖에 없다.

그랬기에 최강철은 무거운 신음을 흘려낸 후 이창래를 향해 입을 열었다.

"긴급 대책반을 편성하고 당장 협상 전문가들을 이라크로 파견하세요. 인질을 잡은 이상 놈들은 분명 협박을 해올 겁니다. 우리 국민에게 어떤 일이 생겨도 안 됩니다. 무슨 일이 있어도 전부 무사히 귀환할 수 있도록 최선을 다하십시오."

"알겠습니다."

"소식이 들어오는 대로 추진 상황에 대해 수시로 보고해 주십시오. 다시 한번 말씀드리지만 어떤 희생도 있으면 안 됩니다. 반드시 데려오십시오. 전부 무사히!"

           *   *   *

대한민국의 의료봉사단이 납치되었다는 사실을 제일 먼저 보도한 것은 CNN이었다.

세계 최대 뉴스 전문 채널인 CNN의 이라크 특파원이 특종으로 때리면서 전 세계의 언론에 빠르게 퍼져 나갔다.

대한민국이 발칵 뒤집혔다.

공영 3사를 비롯하여 모든 언론이 한영대학교의 의료봉사단을 집중 보도하며 안전지대에서 의료 활동을 하던 그들이 IS의 공격을 받고 납치된 사실을 보도했다.

하지만 그게 다였다.

납치된 사람들이 어디로 갔는지, 진짜 IS에 납치된 것이 맞는지, 납치된 목적이 무엇인지에 대해 나온 것은 전혀 없었기에 추측성 보도만 난무할 뿐이었다.

언론들이 서둘러 중동의 특파원을 현지로 파견해서 취재에 열을 올릴 동안 또 다른 폭탄이 터졌다.

CNN에서 IS가 보내온 인질들의 모습을 방송한 것이다.

황색 죄수복을 입은 11명의 인질은 초췌해질 대로 초췌한 모습으로 맨땅에 무릎을 꿇은 채 머리를 조아리고 있었는데 그들의 뒤로는 소총을 든 괴한들이 복면을 쓴 채 서 있었다.

우두머리로 보이는 괴한이 나선 것은 한동안 인질들의 모습을 보여준 후였다.

말은 많았지만 내용은 간단했다.

인질들은 성전을 치르는 IS의 적을 도와 반역적인 행동을 했다는 것이고, 인질 한 명당 백만 달러의 비용을 지불하지 않는다면 전부 죽이겠다는 협박이었다.

그럴 것이라고 추측만 하던 정부와 국민은 인질이 IS에 의해 납치된 것이 확인되자 분노에 치를 떨었다.

언론은 그동안 IS에 납치되어 죽임을 당한 인질들의 사례를 들먹이며 불행한 사태가 일어나지 않도록 정부의 신속하고 현명한 대처를 촉구했다.

아프가니스탄 탈레반에게 사로잡혔다가 돌아온 샘물교회 사건, 상사원 김선일 사건 등이 아직도 기억에 생생했다.

그 사건으로 4명이 희생됐고, 대한민국은 전 세계의 웃음거리가 되었다.

쉽지가 않았다.

외교부 장관 이창래가 주도하는 대책 위원회는 난상토론을 벌였으나 하루가 꼬박 지나도록 결론을 도출하지 못했다.

국가가 테러리스트의 협박에 굴복해서 인질 비용을 지불한다는 건 결코 쉬운 일이 아니었다.

미국을 비롯하여 많은 국가들이 인질의 희생을 두 눈으로 보면서 결국 비용을 지불하지 않은 건 일개 테러리스트들에게 굴복하지 않겠다는 강력한 의지가 있었기 때문이다.

한번 주면 같은 일이 반복되었을 경우 계속 줘야 한다.

더군다나 한번 굴복하게 되면 테러리스트는 대한민국을 봉으로 알고 더 많은 국민을 인질로 사로잡는 일이 반복될 것이다.

그랬기에 대책 위원회에서는 수많은 고민과 번민 속에서 결론을 내지 못하고 시간을 끌 수밖에 없었다.

*　　　　　*　　　　　*

문영일보의 장세형과 경성일보의 길현만은 점심을 먹고 무거워진 다리를 쉬기 위해 커피숍으로 들어왔다.

요즘 들어 인질 사태로 인해 여기저기 백방으로 돌아다녔더니 피곤이 겹쳐 죽을 지경이다.

그럼에도 나오는 건 별로 없었다.

이라크는 가까운 나라가 아니었고, 현재 내전 중이기 때문에 특파원들이 긴급하게 나갔지만 들어오는 소식은 한정된 것뿐이었다.

정부도 마찬가지였다. 협상 팀을 긴급하게 현지로 보냈다는 것과 조만간 정부의 입장을 조율해서 발표하겠다는 게 전부였다.

그렇다고 가만히 앉아 있을 수는 없었다.

정부 관계자들을 끊임없이 따라다녀야 했고, 앞으로 진행될 내용에 대해 추측성 보도라도 해야만 데스크에서 그나마 고생했다고 말해준다.

정부의 입장은 난감한 상황일 것이다.

과거 이라크 상사원 김선일 사건과 아프가니스탄 탈레반에 납치되었던 샘물교회 사건을 보더라도 충분히 알 수 있었다.

김선일 사건은 버티고 버티다 결국 정부에서 돈을 주지 않았기 때문에 처형되었지만 샘물교회 사건은 2명이 희생된 후 600억이란 거액을 탈레반에 지불하고 구출했다.

석방금을 지불한 후 대한민국은 전 세계의 웃음거리가 되었다.

테러리스트들의 협박에 굴복해서 석방금을 준 대한민국의 행동은 국가의 자존심을 무너뜨린 대표적인 사례로 회자될 정도였다.

그랬기에 정부는 새롭게 방침을 굳힌 후 다시는 인질에 대한 석방금을 지불하지 않겠다는 각오를 되새겼다.

하지만 방침은 방침일 뿐, 막상 일이 터지자 국민들은 연일 정부가 나서서 인질들을 빨리 구출해 오라고 난리였다.

그런 여론을 부추긴 건 언론의 역할이 컸다.

국민의 생명을 소중히 여겨야 한다는 건 정부의 곤란함과 상관없이 가장 근본적이 원칙이었으니 언론은 연일 무슨 수를 쓰더라고 인질들을 데려오라며 정부를 두들겼다.

"지금쯤 이창래 장관, 미치기 일보 직전이겠구만."

"그 양반도 어쩔 수 없을 거야. 내가 듣기로 대책 위원회에서 벌써 결론이 났다더라."

"어떻게?"

"일부 의원들이 돈을 주자고 했지만 대부분 반대했대. 이따 오후쯤에는 발표가 나올 것 같아. 더 이상 세계의 웃음거리가 되지 않겠다는 생각이야."

"버틸 수 있을까?"

"그건 모르지."

"아마 못 버틸 거야. 그 새끼들은 세계에서 가장 잔인한 놈들이거든. 돈을 주지 않으면 조만간 인질들을 살해하기 시작할 거다."

"그렇게 되면 안 되는데… 뭐야?"

장세형의 말을 들으며 안색을 흐리던 길현만이 작은 목소리로 중얼거리다가 주변의 웅성거리는 소리에 목소리를 키웠다.

커피숍에는 젊은이들로 가득 차 있었는데 어느 순간부터 웅성거림이 커지더니 여기저기에서 비명 소리가 흘러나오고 있었다.

금방 상황을 눈치챈 장세형은 급하게 스마트폰을 꺼낸 후 포털사이트를 열었다.

〈IS, 한영대 의료봉사단 민기철, 선수일 씨 처형.〉

"이런 씨발!"

우려하던 일이 현실로 나타나자 장세형의 입에서 욕설이 튀어나왔다.

하지만 대충 기사를 읽어 내린 그는 젊은 친구들의 반응을 보면서 자리를 박차고 일어났다.

기자의 촉각으로 이상한 낌새를 알아챘기 때문이다.

건너편에서 뭔가를 보며 심각한 표정을 짓고 있는 청년을 향해 뛰어가 보고 있던 컴퓨터를 확인했다.

"뭡니까?"

"누구세요?"

"지금 보고 있는 게 뭐죠? 이게 뭐냐고요?"

놀란 걸까.

장세형이 거칠게 묻자 청년이 아무런 잘못도 하지 않았음에도 두 눈을 동그랗게 치켜떴다.

그런 후 떠듬거리며 입을 열었다.

"IS에 납치되었다는 인질들의 처형 장면이랍니다. 지금 카페와 블로그에서 난리예요."

"어디 봅시다."

장세형에 이어 길현만까지 뛰어와 동영상을 확인했다.

황색 죄수복을 입은 동양인, 그리고 그 뒤에 총을 든 채 버티고 서 있는 세 명의 복면을 쓴 괴한 모습이 한동안 나왔다.

설명하지 않아도 알 수 있었다.

같은 동양인이라 해도 한국인은 한눈에 알아볼 수 있기 때문이다.

동영상에는 알아듣지 못하는 아랍어가 몇 마디 흘러나온 후 화면 좌측에서 칼을 든 괴한이 천천히 인질을 향해 다가갔다.

그리고 칼을 들어 인질의 목에 가져다 댔다.

"안 돼!"

장세형의 입에서 저절로 비명 소리가 흘러나왔다.

아마도 많은 젊은이들이 이 장면에서 비명을 질렀을 것이다.

*   *   *

"으……."

외교부 장관 이창래의 목에서 깊고 깊은 신음 소리가 흘러나왔다.

그의 앞에는 컴퓨터가 놓여 있었고, 참모들이 민기철의 참수 장면을 같이 지켜보는 중이다.

인간의 잔인함은 도대체 어디까지란 말인가.

괴한은 마치 소의 머리를 잘라내듯 살인을 했는데 마지막에는 머리를 치켜들고 웃는 장면까지 나왔다.

"저 개새끼!"

장관으로서 차마 하지 못할 욕설이 그의 입에서 튀어나왔다.

그럼에도 참모들은 컴퓨터에 분노의 시선만 던진 채 아무 말도 하지 않았다.

입을 연 것은 욕설을 터뜨린 이창래였다.

컴퓨터에서 참수형을 끝낸 인질범들이 무어라 떠들었기 때문이다.

그랬기에 그는 동영상이 끝나자 아랍어 전문가인 김형철을 향해 시선을 던졌다.

"김 교수님, 마지막에 저놈들이 한 말이 뭐죠?"

"하루를 더 기다리겠답니다. 내일도 아무런 소식이 없다면 두 명을 더 죽이겠답니다. 그리고 또 소식이 없으면 세 명을 더 죽이겠다는군요."

"흐으, 흐으……."

김형철의 말을 들은 이창래의 주먹이 벌벌 떨렸다.

가차 없는 놈들이다.

잔인하다는 말을 수없이 들었지만 이토록 가차 없이 몰아붙이는 걸 보면 이런 방면으로 수없이 많은 경험이 있는 게 분명했다.

그때 눈알이 시뻘겋게 변한 이철명 차관이 나섰다.

"장관님, 동영상 수거 작업을 시작했습니다. 하지만 너무 많은 사람들이 봤습니다. 개인적으로 돌아다니는 것도 있어서 완전한 삭제는 쉽지 않을 것 같습니다."

"그래도 막아야 합니다. 만약의 사태에 대비해서 CNN 쪽과 아랍 쪽 방송사에도 협조공문을 보내놓으세요. 다시 또 이런 동영상이 나오면 국민들이 가만있지 않을 겁니다."

"어쩌실 생각입니까?"

"뭘 말입니까?"

"이대로 우리가 세운 방침대로 그냥 있으면 저놈들은 계속해서 인질들을 죽일 겁니다. 장관님, 생각을 다시 해야 합니다."

"방침을 바꾸자는 말입니까? 세계인들에게 대한민국이 또 조롱받자는 말이에요?"

"국민의 생명이 우선이지 않겠습니까?"

"대한민국의 자존심은요? 다 죽이라고 그러세요! 그럼 내가 저 개새끼들을 지옥 끝까지라도 쫓아가서 도륙 낼 테니까요! 우리 대한민국을 얼마나 우습게 봤기에 저런답니까! 대통령께 건의해서 특전사를 보내 깡그리 다 죽일 겁니다!"

"그건 더욱 불가능한 일입니다. 오늘 들어온 정보에 따르면 인질들이 있는 곳은 시리아 북부입니다. 생각해 보십시오. 거기까지 파견도 어려울 뿐만 아니라 훨씬 큰 희생이 생길 수 있습니다."

"압니다. 그래도 대한민국의 자존심을 망가뜨리며 테러나 하는 놈들에게 굴복할 수는 없어요."

"장관님, 벌써 국민들의 반응이 심상치 않습니다. 이대로 인질들을 더 희생시킨다면 국민은 정부를 믿지 못할 겁니다."

"이 차관님. 나는 그런 건 두렵지 않습니다. 문제는 놈들이 대한민국을 우습게 알고 있다는 겁니다."

어렵다는 건 안다.

하지만 이대로 돈을 줘서 대한민국이 테러리스트들에게 굴복하는 모습만은 절대 보여주고 싶지 않았다.

저절로 한숨이 나와 눈을 지그시 감았다.

왜 장관직을 수락했을까. 그냥 국회에서 활동하고 있었다면 이런 괴로움은 생기지 않았을 거란 후회가 물밀 듯 밀려왔다.

아직 대통령에게 대책 위원회에서 결정된 내용을 보고조차 하지 못한 상태에서 이런 일이 발생했기 때문에 더욱 암담했다.

대통령은 과연 자신의 결정에 대해 어떤 생각을 갖고 있을까 하는 생각이 들자 또다시 한숨이 몰려나왔다.

최강철은 자신에게 단 한 명의 희생자도 만들지 말라고 부탁했다.

그 말은 자신과 생각하는 게 다르다는 뜻이다.

그때, 주머니에 있던 전화벨 소리가 미친 듯이 울렸다.

"여보세요?"

─장관님, 비서실장 김도환입니다. 급히 들어오시죠. 대통령님이 찾으십니다.

　　　　　*　　　　　*　　　　　*

　부랴부랴 이창래가 청와대로 들어오자 긴장된 표정으로 비서실장 김도환이 그를 맞았다.

　오랜 동지들이다.

　그들은 최강철과 오랜 인연을 맺은 사람들이고 워낙 친밀하게 지냈기 때문에 웬만한 사정은 뻔히 알고 있다.

　"화가 많이 나셨습니까?"

　"예."

　"보셨나요?"

　"보셨습니다."

　"누가 보여 드렸습니까?"

　"제가 직접 보여 드렸습니다. 대통령님은 동영상을 보면서 몸을 부들부들 떠셨습니다."

　"으……."

　충분히 예견한 일이다.

　최강철의 성격으로 봤을 때 국민의 목숨이 테러리스트의 칼날 아래 사그라지는 모습을 보며 머리끝까지 분노가 치밀어 올랐을 것이다.

　"들어가면 난리가 나겠군요."

"그럴 겁니다. 위원회에서 석방금을 주지 않는 것으로 결정했다면서요. 그게 일부 언론에 흘러 나가 지금 난리가 아닙니다."

"알아요. 하지만 많은 국민이 우리 결정에 지지를 보내고 있습니다. 물론 반대하는 사람도 있지만 대부분의 국민은 테러리스트들에게 굴복하지 않기를 바랍니다."

"저도 들었습니다. 일단 들어가시죠. 아직 아무런 말씀을 하지 않으셔서 어떤 생각을 하고 계신지 저도 모릅니다."

"그럽시다."

김도환의 안내를 받은 이창래가 성큼성큼 집무실로 걸어 들어갔다.

어떤 말을 해도 버틸 생각이다.

자신은 대한민국의 장관이고 외교를 총괄하는 수장이니 그 어떤 것도 감당할 의향이 있었다.

그가 집무실로 들어서자 최강철의 뒷모습이 보인다.

최강철은 창가에 서서 멀리 보이는 하늘을 바라보고 있었다.

"대통령님, 부르셨습니까?"

"밤새도록 고생 많으셨죠. 일단 앉으세요. 우리 차나 한 잔 같이할까요?"

"예."

이런 젠장.

부드럽게 나오자 더욱 긴장되었다.

최강철이 이렇게 부드럽게 나온다는 건 앞으로 나올 이야기가 그만큼 심각하다는 뜻이다.

오랜 세월을 함께해 오면서 알게 된 최강철의 성격은 외유내강이다.

커피가 나왔고, 세 사람은 앉아 말없이 커피를 마셨다.

하지만 그 침묵은 곧 최강철로 인해 깨졌다.

"석방금을 주지 않기로 결정하셨다면서요?"

"대부분의 위원들이 그렇게 주장했습니다. 그건 저 역시 마찬가지이고요."

"세계인에게 우리가 굴복하는 모습을 보여주기 싫은 거겠죠?"

"그렇습니다."

"그렇군요. 아주 힘든 결정이었을 겁니다. 하지만 장관님, 저는 장관님께 분명히 부탁을 드렸습니다. 단 한 명의 희생자도 생기지 않도록 해달라고요. 혹시 제 부탁을 잊으신 겁니까?"

"그럴 리가 있겠습니까. 나름대로 최선을 다해 움직였지만 인질들을 살리기 위해서는 오직 한 가지 방법밖에 없었습니다. 그리고 그 방법은 제가 선택할 수 없는 것이었습니다. 죄송합니다."

이창래가 깊숙이 고개를 숙이자 최강철의 표정이 서서히 굳어갔다.

그런 후 앞으로 몸을 끌어당겨 그에게 가까이 다가갔다.

"장관님, 장관님은 대한민국의 자존심이 뭐라고 생각하십니까?"

"그게 무슨 말씀이신지……."

"그까짓 대한민국의 자존심이 국민의 생명과 바꿀 수 있는 것이냐고 묻는 겁니다."

"저는 바꿀 수 있다고 생각합니다. 전쟁터에서는 수많은 병사가 대한민국의 영광을 위해 목숨을 바칩니다. 그건 역사적으로 언제나 발생한 일이지 않습니까. 대통령님, 저는 그렇게 생각했습니다. 저는 장관직에 오르면서 다시는 우리 대한민국이 누구에게도 고개 숙이지 않게 하겠다고 다짐했습니다. 하물며 하찮은 테러리스트들에게 대한민국이 굴복하는 걸 저는 절대 받아들일 수 없습니다."

"훌륭하신 생각입니다. 하지만 장관님, 국가는 국민입니다. 국민이 없으면 국가도 없는 것이죠. 저는 장관님의 생각과 다릅니다. 저 역시 대한민국의 영광을 위해 최선을 다하겠지만 국민들을 희생시켜 가면서 그런 영광을 얻을 생각은 추호도 없습니다."

     *   *   *

 민정식 교수는 두 명의 제자가 끌려간 후 돌아오지 않자 괴한들이 던져준 빵을 입에 대지 못했다.

 뱃가죽이 등에 닿을 정도로 힘들었으나 제자들의 생사 여부를 알지 못했기에 배고픔을 까맣게 잊었다.

 불안감이 엄습해서 견딜 수가 없었다.

 과연 제자들은 어디로 간 것일까.

 그의 의문이 해소된 것은 반나절이 지난 후였다.

 IS와 협력관계에 있는 시리아 언론 기자가 찾아와 그들이 처형당했고 한국 정부가 석방금을 보내오지 않으면 매일 2, 3명씩 죽일 거라고 했다는 것이다.

 그의 말을 들은 그는 피눈물을 흘렸다.

 자신은 살 만큼 살았으니 죽어도 좋지만 제자들은 아직 청운의 꿈을 제대로 피우지 못한 젊은이들이었다.

 개중에는 아내의 뱃속에 있는 아이가 세상에 나오길 기다리는 제자도 있었다.

 그는 아이에게 세상에서 가장 좋은 아빠가 될 거라며 한달 앞으로 다가온 출산일을 손꼽아 기다리는 중이었다.

 카밀이라는 기자의 손을 잡고 자신은 괜찮으니까 제자들만이라도 살려달라고 애원했으나 그는 어이없다는 듯 웃음을 흘렸다.

"이보시오, 프로페서. 당신들은 IS의 성전을 방해한 악마들이오. 그런 사람들을 그냥 살려 보낼 것 같소? 당신들은 한국 정부에서 돈을 내놓지 않으면 전부 처형될 수밖에 없어요. IS는 이런 경우 한 번도 그냥 돌려보낸 전례가 없거든. 어제 미국 언론에서 당신네 정부가 석방금을 지불하지 않을 가능성이 크다고 보도하더군요. 두 사람을 처형한 건 한국 정부에 경고를 보내기 위함이었음을 알아야 합니다. IS 지도부는 한국 정부가 돈을 주지 않으면 무조건 당신들을 처형시킬 겁니다. 왜인 줄 아시오?"

"으, 모릅니다."

"인질들을 하나씩 처형하면서 성전에 참여한 전사들의 사기를 올리는 동시에 서방과 IS의 성전을 방해하는 자들에게 경고를 할 수 있기 때문이오."

"어떡하면… 어떡하면 좋겠소, 카밀? 제발 방법을 가르쳐주시오. 제자들을 살릴 수만 있다면 무슨 일이라도 하겠습니다."

"말했잖소. 당신네가 살 수 있는 방법은 한국 정부에서 돈을 지불하는 것뿐이라고. 하지만 이미 틀린 것 같더군요. 한국 정부에서는 당신들을 버릴 생각인 것 같으니 안타깝지만 당신들이 살긴 어려울 것 같소."

"이보시오, 카밀. 한국 정부가 절대 그럴 리가 없소. 우리 대통령은 국민을 목숨처럼 생각하는 사람이란 말입니다. 우리 정부와 이야기를 할 수 있게 해주시오. 내가 어떻게 하든 정부를 설득시켜 보겠소."

"정말이오?"

"그렇습니다. 제발… 부탁드립니다."

간절한 애원이 통한 것일까.

그날 오후 괴한들이 민정식 교수를 데리고 감옥을 빠져나와 커다란 강당으로 데려갔다.

거기에는 무장을 갖춘 복면 괴한들이 자리 잡고 있었는데 한쪽에 카메라가 세팅되어 있었다.

그가 강당의 중앙으로 다가가자 긴 칼을 든 자가 다가와 무릎을 꿇게 만들었다.

그런 후 카밀에게 무어라 떠들었다.

"프로페서 김, 이번이 처음이자 마지막 기회랍니다. 오늘 이 방송이 나간 후에도 한국에서 즉각적인 반응을 보이지 않으면 당신부터 차례대로 처형한답니다."

"알겠소."

"저 사람들이 준비되면 신호에 맞춰 말하시오."

모든 게 종교적인 의식이 선행되는 모양이다.

복면을 쓴 괴인들은 저희들끼리 모여 떠들더니 기도까지 마

친 후 처음과 똑같은 위치에 자리 잡고 카밀에게 신호를 보냈
다.

"프로페서 김, 이제 말해도 됩니다."

"알겠습니다."

복면 괴한들이 들고 있는 총과 칼.

문명의 이기를 도외시하고 오직 총과 칼로 자신들의 신을
위해 사람 목숨을 파리 목숨처럼 여기는 광신도들이 바로 이
자들이다.

이 악마들에게서 제자들을 지키고 싶은 마음뿐이다. 나는
어떻게 되어도 좋으니 제자들을 집으로 돌려보내고 싶었다.

카메라가 켜짐과 동시에 빨간불이 반짝이는 걸 보면서 민정
식 교수의 입이 열렸다.

그의 눈에 담긴 간절함, 그리고 절망이 가득 담긴 시선.

카밀의 말대로 정부가 석방금을 주지 않는 것으로 결정했
다면 살아날 가능성이 전무했다.

그렇기에 카메라를 바라보는 그의 얼굴엔 간절함이 가득
담겨 있었다.

마지막 희망이다.

만약 이것이 통하지 않는다면 그와 제자들은 전부 죽는다.

"국민 여러분, 그리고 존경하는 대통령님. 저희 한영대학교
의료봉사단은 히포크라테스의 정신을 이어받아 이역만리 타

국인 이라크까지 날아왔습니다. 저희들은 대한민국의 일원임과 동시에 의사로서의 본분을 다하기 위해 죽어가는 사람들을 돌보며 이곳에서 보름이 넘도록 봉사활동을 하고 있었습니다. 비록 이곳이 전쟁터지만 이렇게 납치될 것이라고는 꿈에도 생각하지 못했고, 저희들의 잘못은 오직 그것뿐입니다. 이들은 벌써 두 명의 의사를 처형했습니다. 그리고 계속해서 죽일 거라고 말하고 있습니다. 그 이유가 우리 정부에서 석방금을 주지 않겠다는 결론을 내렸기 때문이랍니다. 존경하는 대통령님, 저희를 살려주십시오. 저희들은 대한민국을 사랑하고 자랑스러워하는 대한민국 국민입니다. 제발 저희들을 버리지 말아주십시오. 저희들이 무사히 고향으로 돌아갈 수 있도록 이들에게 석방금을 지불해 주시기를 간절히 부탁드립니다."

*   *   *

청와대 춘추관에 대통령인 최강철이 직접 모습을 드러낸 것은 민정식 교수의 호소 장면으로 인해 밤새도록 대한민국이 시끄럽던 다음 날 아침이었다.

그동안 여론은 둘로 나뉘어 갑론을박하고 있었는데 대책위원회의 석방금을 주지 않겠다는 결론이 흘러 나가면서 많은 국민들이 지지를 보냈다.

인질들의 생명이 위험하지만 테러리스트에게 대한민국이 굴복할 수 없다는 것이 그들의 생각이었다.

하지만 반대하는 사람들도 만만치 않았다.

국가는 국민을 보호할 의무가 있으며 이렇게 인질들을 희생시키게 된다면 누가 조국을 위해 충성할 것이냔 논리였다.

둘 다 맞는 말이다.

그랬기에 정답이 없었고 언론도 일방적으로 정부의 선택을 비난하지 못했다.

하지만 민정식 교수가 초췌한 모습으로 화면에 나와 눈물을 흘리는 장면을 보게 된 국민들은 금방 혼란 속으로 빠져들었다.

대의를 위해 소수를 희생시켜야 한다는 그동안의 생각은 순식간에 허공 저편으로 날아가 버렸고, 그들을 살려야 한다는 생각만이 가슴속에 가득 찬 것이다.

언론은 대통령이 직접 담화문을 발표한다고 하자 무거운 침묵에 잠겼다.

국가의 수반이 직접 나온다는 건 정부의 입장을 공식화하겠다는 뜻이고, 그건 지금 흘러나온 정보처럼 석방금을 주지 않겠다는 발표일 가능성이 컸다.

대통령이 나오는 이유는 여론이 급격하게 악화되었기 때문이다.

그랬기에 직접 나와 국민을 설득하려는 게 분명했다.

정부는 국민이 원한다면 어떤 일도 해야 되지만 대한민국을 위해 과감한 결단을 한 이상 방침을 바꾸어 세상의 놀림감이 되는 건 결코 쉬운 일이 아니다.

그랬기에 최강철을 기다리는 기자들의 침묵은 더없이 무거울 수밖에 없었다.

춘추관에 나타난 최강철의 표정 역시 무거웠다.

그는 문으로 들어온 후 가볍게 목례만 하고 담화문을 꺼내 들었는데 처음 내용은 그동안의 과정에 대한 설명과 희생당한 유족에 대한 위로, 그리고 국민에게 죄송하다는 것이었다.

기자들의 표정이 바뀌며 소란스러움이 생긴 것은 담화문 말미에 다다랐을 때다.

대통령의 입에서 그들이 예상하지 못한 말이 흘러나오고 있었다.

"국민 여러분, 저는 오늘 중대한 결심을 하게 되었습니다. 저는 더 이상 우리나라 국민이 희생당하는 걸 두고 볼 수 없습니다. 그렇기에 IS에서 요구한 금액을 지불하고 봉사단 전원을 구해올 생각입니다. 대한민국의 자존심과 국격이 무너질 수 있다는 우려가 있으나 저에게는 국민의 생명이 우선입니다. 그러니 국민 여러분, 저의 결정을 지지해 주십시오. 집에서 돌아오길 기다리는 가족들의 품으로 그분들을 돌려보낼 수 있도록 저와 저희 정부는 최선의 노력을 다하겠습니다."

*   *   *

국방부로 삼군 참모총장이 급하게 달려온 것은 최강철이 특별 담화문을 발표하는 시각이었다.

육, 해, 공 삼군의 참모총장을 콜한 건 국방부 장관 이해창이었다.

이런 일은 드물다.

일 년에 한 번씩 열리는 전군 지휘관 회의를 제외하고 국방부 장관이 삼군 참모총장을 콜하는 건 극히 드문 일이었다.

육군 참모총장 김인철이 장관실로 올라갔을 때는 이미 해군 참모총장 마영석과 공군 참모총장 문장용이 먼저 와서 자리를 잡은 상태였다.

장관실로 들어와 거수경례를 올려붙이자 이해창이 손짓으로 빨리 오라는 시늉을 했다.

텔레비전에서는 최강철 대통령이 특별 담화문을 발표하기 위해 단상에 오르는 중이었다.

자리를 잡은 김인철이 화면으로 시선을 옮겼다.

장관의 행동으로 봤을 때 그들을 부른 것은 대통령의 특별 담화문과 관련이 있었다.

네 사람은 묵묵히 담화문을 읽어 내려가는 최강철의 모습을 보면서 깊은 신음을 흘려냈다.

예상과 전혀 다른 선택이기 때문이다.

최강철 대통령은 대한민국의 자존심보다 국민의 생명을 선택했는데 막상 그가 그런 선택을 하자 당연하다는 생각이 들었다.

이해창 장관의 굳게 닫힌 입이 천천히 열린 것은 최강철 대통령이 담화문 발표를 마치고 퇴장할 때였다.

"갑자기 불러서 놀랐습니까?"

"그렇습니다. 담화문 내용을 보니 대통령님은 이 상황을 원만히 해결하고 싶어 하시는 모양이군요."

"그렇게 보셨습니까?"

김인철 대장이 대답하자 이해창 장관이 빤히 바라보며 다시 물었다.

그러자 김인철 대장과 나머지 참모총장들의 안색이 서서히 굳어가기 시작했다.

산전수전 다 겪은 백전노장들이다.

그들은 야전에서 뼈가 굵은 지휘관이고 총장에 오를 만큼 뛰어난 두뇌와 판단력을 지닌 사람들이었다.

그랬기에 그들은 이해창을 향해 무겁게 입을 열었다.

"쉽게 판단할 일이 아닌 모양이군요. 장관님, 답답합니다. 이제 저희들을 부른 이유를 말씀해 주십시오."

"대통령님께서는 담화문에서처럼 석방금을 내고 인질을 구출할 생각이십니다. 국민의 안전이 최우선이라고 생각하시기 때문이지요. 하지만 대통령님은 이 일을 절대 그냥 넘기지 않겠다고 결정하셨습니다."

"그럼?"

"파병입니다."

"정말입니까?"

"그렇습니다. 대통령님께서는 놈들의 심장을 박살 내서 대한민국을 건드리면 어떻게 되는지 전 세계에 똑똑히 보여주겠다고 다짐하셨습니다."

"규모는요?"

"광개토대제 항공모함 전대입니다. 거기에 해병대 1개 대대와 특전사 1개 대대가 움직입니다. 목표는 놈들의 세력들이 웅크리고 있는 시리아 북부 도시 하마, 알라카, 할라부이고 해병대와 특전사의 임무는 지도자인 알 바드리를 제거하는 것입니다."

"으……."

이해창 장관의 설명에 삼군 참모총장의 입에서 동시에 무거운 신음이 흘러나왔다.

역대 최대 규모의 파병이다.

더군다나 파괴력 면에서 역대 어떤 파병보다 월등하고 강력했다.

광개토대제 항공모함 전대의 전력은 웬만한 국가는 송두리째 뽑아놓을 정도로 막강했는데 거기에 해병대와 특전사가 따라붙는 작전이었으니 점령전도 가능했다.

이해창 장관의 입이 다시 열린 것은 아직도 믿기지 않는 듯 삼군 총장들이 전부 그의 얼굴을 바라볼 때였다.

"정치권 쪽은 대통령님이 알아서 하실 겁니다. 그러니 여러분은 즉시 파병 준비를 시작해 주세요."

"기일은요?"

"보름입니다. 어렵다는 거 알아요. 하지만 무슨 수를 쓰든 기일을 꼭 맞춰주시기 바랍니다."

＊　　　　＊　　　　＊

민주연합의 대변인 허석문은 당의 입장 발표 초고를 작성하다가 원내대표의 콜을 받고 올라갔다.

최강철 대통령의 특별 담화문이 발표된 이틀 후 막대한 석방금을 지불하고 인질이 풀려났다는 소식이 들어오자 민주연합은 총공세를 펼치기 위한 만반의 준비를 하고 있었다.

최강철의 지지율은 80%에 달할 만큼 압도적이었다.

취임 후 3년 동안 경제성장은 말할 것도 없고 사회 전반의 고질적인 문제들을 완벽하게 보완해서 대한민국은 세계에서 가장 살기 좋은 나라가 되어가고 있었다.

국가와 국민에게는 더없이 훌륭한 지도자였으나 민주연합의 입장에서 본다면 넘을 수 없는 산과 같은 존재였다.

민주연합의 지지율은 30%를 조금 넘는다.

최강철의 인기가 하늘을 찌를 듯했기 때문에 대한정의당의 지지율도 고공 행진을 계속하고 있었다.

반전의 계기가 필요했다.

그런 와중에 터진 IS 인질 사건은 민주연합으로 봤을 때는 절호의 기회였다.

대통령의 결정은 누구나 이해할 수 있는 것이었으나 대한민국이 테러리스트들의 협박에 굴복해서 이천만 달러를 지불한 것에 대해 많은 국민들이 불만을 터뜨리고 있었다.

세계의 유수 언론들이 대한민국의 선택을 비웃었다.

인질 사태가 있을 때마다 한국 정부에서 굴복했기 때문에 앞으로 전 세계의 테러리스트들이 계속 한국인을 인질로 잡을 것이란 예상을 내놓으며 잘못된 선택이었음을 강조했다.

IS의 인질 사건은 민주연합 쪽에 반격의 실마리를 만들어 준 계기가 되기에 충분했다.

대한민국의 자존심을 무너뜨리고 세계의 웃음거리로 만든 최강철 대통령과 정부, 대한정의당은 응분의 책임을 져야 마땅했다.

대변인 허석문은 원내대표실로 들어서지 못했다.

급하게 옷을 챙겨 입고 나온 원내대표 윤민철이 그의 팔을 끌어당겼기 때문이다.

"무슨 일입니까?"

"우리 당 입장 발표는 조금 늦춰야 되겠어요. 대통령이 오후에 국회에서 연설을 하겠다고 알려왔습니다."

"음, 이번 일에 관해서 설명하려는 거군요. 뻔한 일이지 않겠습니까?"

"나도 그렇게 생각합니다. 하지만 낌새가 이상해요. 저쪽 원내대표가 우리 쪽 의원들을 전부 참석시켜 달라고 간곡히 부탁해 왔어요. 뻔한 일이라면 그렇게 하겠습니까. 아무래도 뭔가 이상해요."

"저쪽에서는 무슨 일 때문인지 말하지 않던가요?"

"여 대표는 절대 먼저 말하지 못한다고 하더군요. 입이 봉쇄되었단 뜻입니다. 그만큼 중요한 일이란 뜻이기도 하고.

"음……."

"우리 일단 들어나 보고 발표문을 터뜨립시다. 적이 어떻게 나오는지 보고 나서 공세를 펼쳐도 충분해요. 시간은 우리 편입니다."

*   *   *

국회의사당에 들어서자 국회의장 유수형이 기다리고 있다가 정중하게 맞아들였다.

"어서 오십시오, 대통령님."

"의장님, 수고가 많으시죠? 요즘 국회 활동이 대단하다고 들었습니다."

"국회가 많이 변한 건 사실입니다. 의원들이 열심히 일하기 때문에 국민들이 국회를 아주 좋게 평가하고 있어요. 정말 예전에 비한다면 상전벽해가 따로 없습니다."

"민주연합 쪽은 어떻습니까?"

"그 사람들도 대단합니다. 각종 정책 입안 과정에 적극적이고 정부에서 조금이라도 정책 수행에 문제가 생기면 철저하게 파고들기 때문에 공무원들이 예전처럼 대충 일하지 못해요. 우리나라 정치인들, 정말 많이 변했어요."

"아주 좋은 현상이군요."

"그런데 대통령님, 저는 정의당 쪽 지도부에서 오늘 연설과 관련해 어떤 정보도 얻지 못했습니다. 당 대표는 대통령님께서 직접 말씀해 주실 거라 하더군요."

유수형이 빤히 쳐다보며 물었다.

그는 노회한 정치인으로 최강철 정부 출범 때부터 국회의장을 맡아온 사람이다.

당연히 알고 싶었을 것이다.

국회의장으로서 급하게 국회 연설을 하겠다는 최강철의 의중을 알지 못한다는 건 난감한 일이다.

그랬기에 최강철은 유수형을 향해 묵직한 음성으로 입을 열었다.

"의장님, 저는 파병을 결정했습니다."

"파병이라니요? 어디로요? 혹시 이라크를 말씀하시는 겁니까?"

"이라크가 아니라 시리아입니다. 우리 국민을 죽인 악마들이 있는 곳이죠."

"으……."

"저는 대한민국이 세계의 웃음거리로 전락하기를 원하지 않습니다. 또한 전 세계 곳곳에서 활동하는 테러리스트들이 계속 우리 국민을 인질로 잡는 걸 원하지 않습니다. 제가 IS를 선택한 것은 그들이 전 세계 테러 집단 중 가장 강하기 때문입니다. 그들을 때려 부숴 전 세계 테러 집단에게 경고할 생각입니다. 대한민국의 국민을 건드리면 수백 배, 수천 배 응징당한다는 걸 말입니다."

　　　　　*　　　　　　*　　　　　　*

　최강철이 단상에 서자 의사당을 꽉 채운 의원들의 시선이 한꺼번에 몰려들었다.

　임시국회 기간이었기에 대부분의 의원이 서울로 올라와 있었고, 대통령이 직접 요청한 연설이었기에 민주연합의 의원들까지 대부분 자리를 차지해서 빈자리를 찾아보기 어려웠다.

　최강철은 단상에 서서 마이크를 잡지 않고 한동안 의사당을 꽉 채운 의원들을 바라보았다.

　이 사람들.

　자신이 진정으로 원한 대한민국의 정치를 이끌어가는 사람들이다.

　현재의 국회의원들은 정권의 시녀가 되어 입법부 본래의 기능을 저버린 과거의 국회의원들과는 본질적으로 다른 정신을 지니고 있었다.

　그랬기에 이런 결정을 내릴 수 있었다.

　민주연합의 당대표 최철한은 어젯밤 자신의 비밀 방문을 받은 후 파병의 당위성을 설명 듣고 놀란 얼굴을 숨기지 못했다.

　하지만 놀랐을 뿐 그는 파병을 반대하지 않겠다는 뜻을 분명히 했다.

정부와 대한정의당에 대한 공격조차 포기하며 최철한은 최강철의 손을 잡고 반드시 성공시켜 땅으로 실추된 대한민국의 명예를 회복해 달라고 부탁했다.

고마웠다.

이런 생각을 가진 사람들이 대한정의당의 반대편에 서서 움직여 주고 있으니 대한민국이 엉뚱하게 돌아갈 리 만무했다.

이미 의사당을 꽉 채운 의원들은 오늘 대통령의 연설에서 중대 발표가 있을 거란 지도부의 말을 듣고 팽팽한 긴장감 속에서 최강철의 입이 열리기를 기다렸다.

광개토대제 항모 전단의 시리아 파병안을 들고 온 대통령의 모습은 그 어느 때보다 당당해 보였다.

어깨를 세운 후 국회의원들을 바라보던 최강철의 입이 열린 건 긴장을 참지 못하고 대한정의당 원내대표인 여문수가 작게 기침을 할 때였다.

"존경하는 의원 여러분, 저는 오늘 여러분께 중요한 말씀을 드리기 위해 이곳에 왔습니다. 잘 아시는 것처럼 시리아에 주둔하고 있는 IS가 우리나라 국민들을 인질로 사로잡고 두 명을 처형하는 사건이 있었습니다. 우리 정부는 더 이상의 희생을 만들지 않기 위해 2천만 달러란 거액을 그들에게 줄 수밖에 없었습니다. 다행스럽게 인질로 잡혀 있던 한영대학교 봉사단은 무사히 내일 아침 돌아올 예정입니다. 하지만 저는 인

질들이 무사히 풀려나 돌아온다는 것을 위안 삼으며 이번 사
안을 그냥 넘기지 않을 생각입니다. IS는 벌써 우리 국민을 다
섯 번이나 인질로 잡고 다섯 명의 무고한 국민을 처형시키며
막대한 석방금을 가져갔습니다. 우리가 이대로 넘어가면 그들
은 언젠가 우리 국민을 또 인질로 잡고 대한민국을 협박해 올
것입니다. 세계인은 우리의 선택을 비웃으며 대한민국의 우유
부단함을 성토하고 있습니다. 저는 그 사실 또한 견디기 어렵
습니다. 이번 파병으로 인해 국가 예산이 얼마나 소요될지 저
는 아직 알지 못합니다. 그리고 많은 병사들이 희생당할 수
있다는 사실이 두렵기도 합니다. 그러나 우린 이대로 물러서
면 안 됩니다. 전 세계 국가에게, 전 세계의 테러 집단에게 우
리 대한민국이 얼마나 강력한 국가인지 똑똑하게 알려줘야
합니다. 그러니 존경하는 의원 여러분, 정부에서 올리는 파병
동의안을 적극적으로 검토해 주시기 바랍니다. 우리 군이 국
민을 죽인 IS의 심장을 철저하게 응징할 수 있도록 도와주시
기를 부탁드리는 바입니다."

              *   *   *

대한민국이 벌집을 쑤신 듯 난리가 났다.
최강철 대통령의 파병 동의안이 국회에서 빠르게 통과되었

다는 사실이 언론을 통해 알려지자 전 국민이 놀라움을 숨기지 못했다.

분했지만 어쩔 수 없다고 생각했다.

IS가 그동안 여러 번 대한민국 국민을 인질로 잡고 처형이란 극단적인 협박을 통해 거액의 돈을 갈취했지만 지리적인 여건을 감안해 보복은 생각조차 하지 못했다.

그만큼 멀었다.

시리아는 지중해에 위치하고 있어 대한민국과 1만㎞ 이상 떨어진 나라이다.

더군다나 중동 국가의 하나로 그 폐쇄성이 전 세계 국가 중 가장 지독했다.

인질을 죽이고 거액의 석방금을 갈취했음에도 보복을 생각조차 하지 못한 것은 공격할 방법이 마땅치 않았고 그 비용이 상상도 하지 못할 만큼 컸기 때문이다.

그럼에도 국민들은 막상 최강철 대통령이 결단을 내리자 압도적인 지지를 나타냈다.

어떤 손해와 희생이 따르더라도 더 이상 그냥 묵과할 수 없다는 것이 국민들의 생각이었다.

전 세계가 놀랐다.

파병 결정이 외신들로 인해 빠르게 세계로 퍼져 나가자 대한민국을 비웃던 국가들은 놀라움을 숨기지 못했다.

대한민국은 그동안 무섭게 경제성장을 이루면서 세계경제를 주름잡고 있었으나 군사적인 측면에서는 그 어떤 국가보다 조용했기 때문이다.

IS는 세계 모든 국가의 공적이다.

전 세계 곳곳에서 테러를 저지르며 그것에 자신들의 성전이란 미명 아래 정당성을 부여했다.

수많은 사람이 죽었으나 보복을 결행한 국가는 미국을 제외하곤 아무도 없었다.

천문학적인 비용을 감수하면서 사지로 들어간다는 건 결코 쉬운 일이 아니었다.

파병이 결정된 후 엄청난 속도로 출전 준비가 진행되었다.

대한민국의 저력이 이렇다.

세계인은 비밀리에 키워온 대한민국의 힘이 어느 정도 되는지 모르다가 언론을 통해 파병 규모가 알려지자 다시 한번 입을 다물지 못했다.

대한민국이 준비한 파병 전력은 국가 하나를 송두리째 파괴할 정도로 무시무시했기 때문이다.

*   *   *

출전 준비를 마친 광개토대제의 항모 전단이 부산 앞바다에 모습을 드러내자 몰려든 국민들이 환호성을 보냈다.

항모 전단은 광개토대제를 비롯하여 충무공, 이이, 유성룡 등 6대의 이지스 구축함과 2척의 순양함, 3척의 지원함으로 구성되었고, 해병대와 특전사를 실은 상륙함 을지문덕까지 포함되었기에 부산 앞바다는 대한민국의 최신예 전함들로 가득 찼다.

광개토대제에는 50대의 불사조—2와 10대의 불사조—3, 그리고 2대의 삼족오—3가 자리를 잡았는데 각종 지원기들도 보였다.

무려 대한민국이 지닌 전력의 20%가 부산항에 집결한 것이다.

이번 작전의 작전명은 '여명'이었다.

새로운 새벽을 열겠다는 대한민국의 의지가 담긴 작전명이다.

최강철이 부산항에 도착해 항모에 오르자 7천 명에 달하는 광개토대제 항모 전단의 승무원들이 일제히 함선에 나타나 함성을 질렀다.

"어서 오십시오, 대통령님!"

"준비하느라 고생하셨습니다. 하지만 이제부터 더 고생해야겠군요."

"고생이라뇨. 조국을 위해 싸우러 가는 군인은 그것을 고생이라 생각하지 않습니다. 저는 대통령님의 결단을 감사하게 생각하며 최선을 다해 작전에 임할 것입니다."

파병을 지휘하는 광개토대제 항모 전단장 김성철 제독이 강한 눈으로 최강철을 바라보았다.

천생 군인이다.

그는 이번 작전에 임하면서 목숨을 바칠 각오가 되어 있는 것 같았다.

"김 제독님, 작전도 중요하지만 우리 젊은이들을 무사히 다시 데려와야 합니다. 아시겠죠?"

"알겠습니다. 제 목숨을 버리는 한이 있더라도 병사들이 희생되지 않도록 최선을 다하겠습니다."

"조국의 명예가 김 제독님과 광개토대제 항모 전단의 어깨에 달려 있습니다. 부디 작전을 완수해서 대한민국의 자존심을 세워주시길 바랍니다."

                    *   *   *

멀고도 먼 길.

무려 만㎞의 바다를 건너 광개토대제 항모 전단이 진군하는 모습은 인공위성을 통해 전 세계로 생생하게 중계되었다.

CNN, NHK, BBC 등 세계 유수의 언론들이 첨예한 관심 속에서 원정군의 진행 과정을 알렸고, 미국을 비롯한 각국 정부에서는 대한민국의 결정을 지지하며 최대한 협조하겠다는 뜻을 밝혀왔다.

중동의 여러 나라가 대한민국의 파병에 반대한다는 의지를 밝혔지만 대한민국 정부는 여러 채널을 통해 그들의 반발을 완화시켜 나갔다.

이번 파병은 테러 집단으로 규정된 IS에 대한 응징일 뿐 종교나 국가 이념과는 전혀 상관없다는 논리를 펼치며 중동 국가들을 설득했다.

가장 큰 도움을 준 곳은 미국을 포함한 영국과 프랑스 등 IS로부터 여러 번 공격을 받은 서방 강국들이었다.

그들은 대한민국 정부의 결정을 지지하며 언제든지 필요한 것에 대한 지원을 아끼지 않겠다고 공언했다.

*   *   *

부산항을 떠난 원정군이 지중해에 도착한 것은 11일이 지난 후였다.

대한민국 원정군이 출발했다는 소식이 전해지자 IS는 이라크와 시리아의 병력을 집중시키며 공격에 대비했다.

하지만 그들은 모르는 것이 있었다.

광개토대제에 실려 있는 전폭기와 폭격기의 성능이 세계 최강이라는 사실을.

재래식 무기로 무장된 그들이 대한민국의 한계가 어느 정도인지 모른다는 건 죽음으로 들어가는 지름길에 서 있는 것과 마찬가지였다.

IS의 병력 이동 상황은 최첨단 인공위성망을 통해 고스란히 광개토대제의 작전 상황실로 들어왔다.

광개토대제 항모 전단이 멈춘 곳은 시리아 정부의 통제에서 벗어나 있는 리카키아 해변에서 5km 떨어진 해상이었다.

오랜 이동을 감안해서 전단에 하루의 휴식을 준 김성철 제독은 도착한 다음 날부터 이지스 구축함에 탑재된 원거리공격미사일 천궁—3를 이용해 1차 공격을 감행했다.

천궁—3는 작전 거리 500km까지 소화가 가능한 지대지미사일로서 8대의 구축함과 순양함에 각 6기의 발사대가 장착되어 있었다.

그 파괴력은 막강 그 자체였다.

반경 300m의 범위 내에 있는 생명은 그 어느 것도 살아남을 수 없을 정도로 강력한 미사일이었다.

천궁—3가 날아간 곳은 IS의 주력들이 몰려 있는 알레포, 알라카, 할라브 등이었다.

무려 100여 기의 천궁—3가 알레포 등의 지역을 지옥으로 만들었다.

그들이 언제 이런 공격을 받은 적이 있었겠는가.

재래전으로 전쟁을 벌여왔을 뿐 첨단 공격 무기를 상대한 적이 없었기에 그들은 악마처럼 날아온 천궁—3 앞에서 무기력하게 무너질 수밖에 없었다.

하지만 그들에게는 더욱 커다란 공포가 남아 있었다.

천궁—3의 공격 이후 광개토대제에 탑재되어 있던 70여 대의 불사조—2, 3가 일제히 창공을 박차고 날아오른 것이다.

죽음의 칼날이 IS의 주력이 몰려 있는 지역들을 초토화시켜 나갔다.

대공포로 무장한 IS의 반격은 아예 소용도 없었다.

원거리를 비행하며 퍼붓는 비룡의 신무기, 현무미사일은 사정거리 50㎞를 날아가 적진의 심장을 그대로 관통해 버리는 능력을 지니고 있었다.

공격 첫날이 지났을 때 IS의 주력 병력이 몰려 있던 지역들은 그야말로 처참지경으로 변했다.

태풍이 지나간 것처럼 초토화되었는데 단 한 번의 공격으로 전력의 20%가 소멸될 정도였으니 얼마나 강력한 공격이었는지 충분히 알 수 있었다.

세계 언론은 광개토대제 항모 전단의 공격으로 인해 IS가 엄청난 타격을 받자 놀라움을 감추지 못하며 그 성과를 대대적으로 보도했다.

그러나 광개토대제가 휘두른 죽음의 칼날은 거기에서 멈추지 않았다.

공격 3일째.

새롭게 무장을 갖춘 10대의 불사조—3가 2대의 삼족오—2를 호위하며 알 하사카로 향한 것이다.

알 하사카는 IS의 지도자 알 바드리가 있을 것으로 추정되는 장소였다.

1차 공격 지점에서 벗어난 이유는 워낙 내륙 깊숙한 곳이었기 때문이다.

알 하사카는 시리아와 이라크의 접경지역에 위치해 있기 때문에 구축함이 지니고 있는 천궁—3로는 타격이 불가능했고, 불사조—2가 움직였을 때 대공망에 당할 염려가 있었다.

하지만 스텔스로 무장한 불사조—3와 삼족오—2는 그럴 위험성이 없었다.

콰앙! 콰앙!

삼족오—2에서 날린 10발의 정밀 직격탄(JDAM)이 알 하사카를 불바다로 만들었다.

정말 무시무시한 위력이었다.

도시 하나를 통째로 날릴 정도로 엄청난 위력을 지닌 정밀 직격탄(JDAM)은 알 하사카를 박살 내기에 충분하고도 남았다.

특전사와 해병대가 영국, 프랑스, 터키에서 제공한 초거대 수송기 A400M 30대에 나뉘어 타고 알 하사카에 떨어진 것은 작전 5일째 되는 날이었다.

이번 작전목표 중의 하나인 IS 지도자 알 바드리를 생포하기 위함이었다.

*   *   *

전쟁은 언제나 비참하다.

수많은 생명이 소멸되는 전쟁은 인간이 만들어낸 가장 커다란 재앙임이 분명했다.

알 하사카 외곽에 진영을 구축한 해병대의 청룡대 대장 권인혁은 황폐한 도시를 바라보며 긴 신음을 흘렸다.

알 하사카는 삼족오-2의 폭격으로 인해 처참하게 변한 상태였다.

이런 상태라면 병력이 남아 있어도 제대로 저항조차 하지 못할 게 분명했다.

그럼에도 중대장들을 소집한 권인혁은 긴장을 풀지 않았다.

얼마나 많은 잔존 병력이 있을지 모르나 시가전을 하게 되면 아군 쪽의 희생도 발생하게 될 것이다.

두렵지는 않았다.

군인으로서 전쟁에 참여한 이상 어떤 동정심도, 어떤 두려움도 가져서는 안 된다.

"현재 시간 9시 30분, 우리는 오늘 알 하사카를 완전 점령한 후 알 바드리를 체포한다. 작전 종료 시간은 17시 30분. 그

안에 모든 상황을 정리해야 한다. 각 중대별로 맡은 섹터에 따라 전진하도록. 출발!"

마음이 급했기 때문에 목소리가 높아졌다.

이번 알 바드리 체포 작전 시한은 단 8시간뿐이었다.

시리아 북부는 IS의 주 거점지이기 때문에 단시간 내에 작전을 성공시키지 못하면 주변에서 몰려든 지원군으로 인해 어려운 상황에 빠질 수 있었다.

그렇기에 전단 수뇌부에서는 이 작전을 구상하며 오로지 8시간을 허락한 것이다.

권인혁의 작전 시달 명령에 네 명의 중대장이 거수경례를 한 후 막사를 빠져나갔다.

그 모습을 보며 그는 부관을 옆에 매달고 천천히 전투부대의 지원을 맡은 화기 중대로 향했다.

알 하사카의 하늘은 잿빛이었다.

죽음을 닮았다.

이 하늘에서 살아가는 사람들의 불행처럼 하늘은 한 점 푸름조차 간직하지 못했다.

오늘 작전이 이번 원정의 핵심이었다.

무사히 알 바드리를 체포하게 된다면 그대로 후퇴해서 다시 고국으로 돌아갈 수 있었다.

대통령이 원한 것은 점령이 아니라 응징이었고, 전 세계 테러 집단에 대한 경고였으니 지금까지 한 것만 가지고도 충분했다.

그동안의 폭격으로 인해 IS의 주력이 응집된 알레포, 알라카, 할라브 등은 이미 엄청난 타격을 입어 회생 불능 상태까지 몰렸다고 들었다.

이대로 IS 지도자인 알 바드리만 확보한 후 퇴각한다면 나머지 IS 집단은 시리아와 이라크 정부군의 공격으로 정리될 가능성이 컸다.

시선을 들어 반대쪽 능선을 바라보자 육군 최강이라는 특전사가 알 하사카를 향해 전진하는 것이 보였다.

IS가 아무리 강한 전투 능력을 지녔다 해도 체계적인 전술 전략과 지옥 훈련을 거친 대한민국의 최정예 부대를 상대할 수는 없었다.

그렇기에 오늘 알 하사카는 대한민국 해병대와 특전사로 인해 죽음의 땅으로 변하게 될 것이다.

*   *   *

콰앙! 쾅! 쾅!

권인혁은 1중대 앞으로 떨어지는 폭탄 소리에 눈을 퍼뜩 치켜떴다.

병력을 산개해서 진입하는 선봉 부대의 앞으로 수많은 휴대용 미사일이 떨어져 내리고 있었다.

순식간에 해병대원 다섯 명이 쓰러지는 것을 보며 권인혁은 입술을 꽉 깨물었다.

잔존 병력이 저항할 것이란 예상은 했지만 미사일까지 날릴 줄은 미처 생각지 못한 것이다.

"뭐 해! 저기 건물부터 차례대로 날려 버려!"

분노로 인해 명령을 내렸으나 이미 중화기 지원을 맡은 화기 중대장의 지시로 공격을 해온 건물들에 미사일이 틀어박히는 중이었다.

근본적으로 위력이 다른 피닉스중공업의 단거리 미사일 RX—10은 공격해 온 건물들을 차례대로 붕괴시키며 적들을 무력화시켜 나갔다.

RX—10에 당한 건물에서 병력이 엉금엉금 기어 나와 접근하는 해병대원들을 향해 총을 난사해 왔다.

하지만 이미 그들은 해병대의 십자포화망에 걸려 있는 상태였다.

순식간에 50여 명의 IS 대원들이 쓰러졌고, 그 틈을 해병대원들이 바람처럼 빠져나갔다.

IS의 방어망은 허술했다.

도시 전체에 병력이 산재되어 방어망을 형성했으나 폭격에 당한 상처를 미처 치유하지 못했기 때문인지 방어 라인이 무척 허술했다.

이 정도 방어 라인으로 대한민국 최강인 해병대와 특전사의 공격을 막는다는 건 처음부터 불가능한 일이었다.

역시 미리 획득한 정보대로 IS 쪽은 대한민국 병력의 공격 루트가 해안 지역일 것이란 판단 아래 주력을 알레포, 알라카, 할라브 등으로 이동시킨 것이 분명했다.

차례차례 방어 세력을 제거하며 전진해 나갔다.

도시였으나 대한민국의 기준으로 봤을 때 도시라고 부르기도 어려울 만큼 규모가 작았다.

더군다나 폭격으로 인해 황폐해진 상태였으니 제대로 서 있는 건물을 찾아보기 어려울 지경이었다.

불과 6시간 만에 거의 300명의 적을 사살했고, 200여 명을 생포한 후 알 하사카를 완벽하게 점령했다.

문제는 IS 지도자인 알 바드리의 행적이 묘연하다는 것이었다.

포로로 붙잡은 IS 병사들조차 알 바드리의 행방을 모르고 있었다.

그렇다고 해서 이대로 철수할 수는 없기에 권인혁은 전 병력을 동원해서 알 하사카 전역을 이 잡듯 뒤졌다.

알 바드리를 체포하지 못한다면 이 작전은 실패나 다름없었다.

시간이 갈수록 초조해졌다.

앞으로 후퇴까지 남은 시간은 1시간.

이대로 알 바드리를 체포하거나 사살하지 못하고 후퇴하게
된다면 자신은 후회 속에서 남은 생을 살아가게 될지도 모른다.

후위를 맡은 제2중대장 문병호가 지휘부로 달려온 것은 후
퇴가 예정되어 있는 17시 30분이 거의 다 되어갈 무렵이었다.

이미 서쪽 상공에서는 연합군의 수송기들이 줄지어 날아오
고 있었기 때문에 선봉대를 제외한 나머지 병력은 철수 대형
을 구축한 채 대기하는 상황이었다.

"대대장님, 알 바드리의 시신을 찾았습니다!"

"정말이냐?"

"여기서 1㎞ 정도 떨어진 지하 석실에서 놈을 찾았습니다.
자살한 것 같은데 포로들이 그가 알 바드리라는 걸 확인시켜
주었습니다."

"시신은?"

"지금 1중대 병력이 옮겨 오는 중입니다."

"잘했다. 정말 수고 많았어."

반가움으로 눈알이 충혈되었다.

다행이다.

자살한 시신이 알 바드리가 맞는다면 소수의 희생이 따랐
지만 이 작전은 완벽한 성공임이 분명했다.

*   *   *

우방국의 도움 아래 병력을 무사히 철수시킨 원정군은 포로와 알 바드리의 시신을 시리아 정부군에 넘겨주고 지체 없이 함대의 방향을 틀었다.

5일간의 공격.

하지만 그 5일간의 공격으로 시리아와 이라크 정부군을 오랫동안 괴롭혀 오던 IS의 주력들이 박살 났다.

세계 언론은 대한민국 원정군의 가공할 파괴력에 IS가 괴멸 지경에까지 이르렀다는 걸 보도하며 또다시 놀라움을 감추지 못했다.

군사력 9위로 평가되어 오던 대한민국의 저력은 서방 언론의 상상을 훨씬 뛰어넘을 정도로 강력해서 그동안의 평가가 얼마나 잘못된 것이었는지 확실하게 증명했다.

세계 언론은 단 5일간 보여준 광개토대제 항모 전단의 위력을 분석한 후 미국의 최신예 항모 전단에 비해 전혀 손색이 없다는 평가를 내렸다.

물론 정확한 분석은 아니었다.

이번 원정군은 전폭기와 폭격기만을 이용하여 적을 무력화시켰기 때문에 함대 간 전투에서는 어떤 결과가 일어날지 알 수 없었다.

그럼에도 전혀 근거가 없는 건 아니었다.

광개도대제를 호위하는 8척의 구축함과 순양함의 대함, 대
공 능력은 비룡에서 개발한 신형 미사일들로 완전무장되어 있
었기 때문에 전투력과 방어 능력 면에서 미국이 보유한 구축
함보다 절대 떨어지지 않는다.

대한민국 국민들은 원정군의 승리 소식을 접하며 열광을
멈추지 않았다.

IS 세력을 괴멸 지경에 빠뜨릴 정도의 승리였으나 아군의
피해는 전부 합해 17명이었기에 국민들은 안타까움 속에서도
승리의 기쁨을 숨기지 않았다.

*   *   *

"돌아오는 일정이 어떻게 된다고 하던가요?"

"이번 달 12일이라고 합니다."

"앞으로 9일 남았군요. 참 먼 길인 것 같습니다."

"예, 대통령님."

비서실장 김도환이 최강철의 표정을 살피며 걱정을 나타냈다.

거칠어진 얼굴.

최강철은 원정군이 떠난 후부터 제대로 잠을 자지 못했기
때문에 얼굴에 기미까지 생길 정도였다.

"대통령님, 국민들은 이번 원정군의 승리로 대한민국의 자

존심을 되찾았다면서 축제 분위기에 젖어 있습니다."

"뉴스를 봐서 저도 알고 있습니다."

"오전에 행안부 장관이 연락을 해왔습니다. 원정군의 귀국에 맞춰 커다란 환영 행사를 연다는군요."

"해야죠."

"왜 그러십니까?"

"마음이 무거워서 그렇습니다. 저의 명령으로 인해 수많은 사람들이 죽었습니다. 제 명령을 받고 출병한 17명의 우리 병사와 IS의 병사들 말입니다. 전쟁은 이런 것입니다. 이렇게 잔인하고 무서운 것이지요."

"국민들은 대통령님의 결단을 여전히 지지하고 있습니다. 우리가 먼저 초래한 일이 아니잖습니까. 그러니 대통령님, 그런 생각으로 심력을 낭비하시면 안 됩니다."

"저는 대한민국의 군사 전력을 끌어올리기 위해 오랜 시간 동안 최선을 다해왔습니다. 하지만 그것은 누군가를 공격하기 위함이 아니라 우리 스스로를 방어하기 위한 수단이었을 뿐입니다."

"이번 원정도 그런 것 아니겠습니까. 그들이 먼저 우리 국민들을 처형했기 때문에 발생한 전쟁이었습니다. 대한민국은 자위 수단으로 어쩔 수 없는 선택을 한 것입니다."

"압니다. 그래도 마음이 아프군요."

"휴우……."

대통령이 돌아서며 창밖을 바라보자 김도환의 입에서 무거운 한숨이 새어 나왔다.

어색하다.

그가 지금까지 봐온 최강철은 철혈의 심장을 가진 사내였다. 한데 이런 모습을 보게 되자 낯설다는 생각이 들었다.

*   *   *

대일물산의 김영호와 류광일은 부산항으로 거대한 동체를 자랑하며 당당하게 들어오는 항공모함 전대를 텔레비전 화면으로 확인한 후 소주잔을 내려놓았다.

벌써 감자탕집에 들어온 지 두 시간이 훌쩍 지났는데 이제야 함대가 완전하게 모습을 드러냈다.

오랜 기다림.

감자탕집에는 그들과 비슷한 생각으로 술잔을 기울이는 사람들이 여럿 있었기 때문에 실내는 왁자지껄한 소음으로 가득 차 있었다.

화면을 가득 채운 항공모함 전대의 위용은 상상을 훨씬 뛰어넘을 정도로 압도적이었다.

떠들썩하던 감자탕집이 광개토대제가 부산항으로 들어오는 순간 순식간에 조용해졌다.

반대로 화면에 잡힌 부산항의 모습은 열광 그 자체였다.

수많은 국민들이 광개토대제 항모 전단의 귀환을 환영하며 뜨거운 함성과 박수갈채를 보내고 있었다.

김영호가 불쑥 입을 연 것은 잠잠하던 분위기가 다시 살아나면서 사람들이 항모 전단의 위용과 전쟁 소식에 대해 떠들기 시작할 때였다.

"저런 항모 전대가 또 하나 만들어지고 있다면서?"

"저번에 뉴스에 나오더라. 내년이면 두 번째 항모 전대가 출범한다는구만."

"허어 참, 대통령이 작정을 한 모양이네. 그런데 그건 언제 준비한 거지?"

"광개토대제는 피닉스조선이 만들었고. 두 번째 항모인 장수대제는 현대조선에서 만들었단다. 하지만 그 안에 들어가는 건 똑같은 모양이야. 광개토대제를 만든 비룡을 중심으로 방산업체들이 전부 가담했대. 이지스 구축함과 순양함은 이미 준비되어 있으니까 장수대제만 나오면 항모 전대를 구성하는 건 어렵지 않단다."

"넌 그런 걸 어디서 들었어?"

"내 대학 동창 놈이 피닉스조선 임원이야. 그놈이 그러는데 우리나라는 3개의 항모 전대를 운용할 계획이래. 그래서 피닉스조선에서 마지막 항모를 작년부터 건조하기 시작했다는데 마지막 항모의 이름이 뭐라더라? 맞아. 단군이랬어."

"끝내주는구만. 항모 전대 하나 구성하는 데 들어가는 돈
이 50조라며. 도대체 그 많은 돈이 어디서 나는 거야? 우리나
라 국방예산은 70조밖에 안 되는데."

"그건 나도 모르지. 하지만 분명한 건 이제 누구도 우리 대
한민국을 함부로 무시하지 못한다는 거야. 최신에 전폭기 불
사조—3의 배치가 완료되고 이지스 구축함과 순양함의 건조
가 끝나면 아무도 우릴 못 건드릴 거다."

"그래도 이번 전쟁은 소 잡는 칼로 닭 모가지를 비튼 거였
어. 애초부터 싸움이 되지 않는 싸움이었다고."

"누가 그걸 몰라. 사람들이 열광하는 건 그동안 참고 참은
울분을 풀었기 때문이야. 우리나라는 계속 당하고만 살았잖
아. 그런 울분이 사람들 가슴속에 들어차서 잔뜩 쌓여 있던
거지. 너도 알겠지만 이번 공격으로 세계의 테러 집단이 다시
는 대한민국 국민을 건들지 못할 거다. 함부로 건드리면 죽는
다는 걸 보여줬으니 어떤 놈이 감히 납치할 생각을 하겠어?"

"그건 그렇지."

류광일의 말에 김영호가 고개를 끄덕이며 동조했다.

그의 말이 끊긴 건 최강철 대통령의 전용 차량이 화면을 가
득 채우며 들어왔기 때문이다.

"우리 강철 대통령님 오셨네."

"그렇구만. 어라? 정말 얼굴이 많이 상했잖아. 마음고생이 심하다고 하더만 정말인 모양일세."

"저 양반, 성질머리 하고는. 원정군을 보냈으면 됐지 뭔 스트레스를 그렇게 많이 받은 거야? 몸 상하면 어쩌려고."

"야, 수천 명을 전쟁터로 보내놓고 대통령이 편하게 잠을 잘 수 있겠냐. 더군다나 저 양반은 국민이라면 끔찍하게 생각하는 대통령이잖아. 과거의 어떤 놈들과 비교하면 안 돼."

"크크크, 말이 되는 소리를 해. 국민을 죽이고 비리를 저질러서 구속된 자들과 우리 대통령을 비교한다는 건 모독이고 모욕이야. 최강철 대통령은 그런 자들 전부를 갖다주어도 바꿀 수 없는 사람이라고!"

"넌 언제 저 사람 팬 그만둘래? 너희 마누라가 뭐라고 안 그러디?"

"난 죽을 때까지 사랑할 거다. 저 사람은 내 인생과 평생 같이한 사람이야. 젊을 적에는 복싱으로 행복하게 만들어줬고, 나이 들어서는 정치로 나를 감동하게 만들잖아. 그러니 내가 어떻게 저 사람을 사랑하지 않을 수 있겠어? 안 그래?"

제67장
강국, 코리아

IS를 응징한 시리아 원정이 끝나고 난 후 대한민국을 바라보는 세계의 시선이 완전히 바뀌었다.

그동안 대한민국은 초고도성장을 거듭하며 경제대국으로 올라섰지만 군사적인 측면에서는 강대국이라 평가받지 못했다. 하지만 지중해에서 보여준 여명 작전을 통해 그런 인식을 통째로 바꾸어놓았다.

국가의 성장은 특별한 사건으로부터 비롯되는 경우가 많다.

세계를 재패하며 국민들에게 자존감을 높여준 최강철의 폭풍 같은 진격, 2002년 월드컵 4강 신화, 피닉스전자의 25나노 반도체, 피닉스자동차의 자체 발전 전기자동차, 그리고 IS의 응징 등이 그것이다.

대한민국은 여명 작전 이후 다시 평온으로 되돌아갔으나 결과마저 그런 것은 아니었다.

국민들은 열정적이며 도전 의식으로 가득 차서 모든 일에 자신감을 가졌다.

사회는 건전했고 기업들은 세금 포탈을 아예 생각조차 하지 않아 국고가 넘쳐났다.

재벌들은 최강철의 선언 이후 자식에게 재산을 물려주는 대신 사회 환원 운동에 적극 동참했으며 국민들에게도 그런 생각이 퍼져 나갔다.

어차피 완벽한 세금 징수 시스템이 구축되었고, 기업에 대한 회계 감시가 철저하게 이뤄지고 있었기 때문에 뒤로 빼돌리면 훨씬 큰 세금 폭탄과 법적 구속을 면할 수 없었다.

젊은이들도 마찬가지였다.

부모에게 의지하던 과거의 습관은 찾아볼 수 없었고, 20살만 되면 독립해서 자립할 생각을 했다.

젊은이들 사이에서는 성인이 되어도 부모 집에 얹혀살면 바보 취급을 받았기 때문에 부모가 잡아도 무조건 뛰쳐나와 스스로의 삶을 살아갔다.

국고가 풍족했기 때문에 복지에 많은 예산을 투자할 수 있었다.

그동안 국가를 위해 일해온 노인들이 편안한 노후를 보낼 수 있게 만들었으며, 의료보험은 세계 최고 수준으로 거의 무상 진료가 가능했다.

출산율도 점점 높아져 가구당 출산율이 2.5에 달해 2020년의 인구는 5,500만에 달할 것으로 추정되었다.

기업의 약진 역시 멈추지 않았다.

대한민국 기업의 특징은 신기술에 대한 투자를 아끼지 않는다는 것이었다.

사회의 구조가 건전하게 변하면서 오너들은 벌어들인 이익의 대부분을 신기술에 재투자했기 때문에 상승효과는 지속될 수밖에 없었다.

이것이 모두 최강철 효과였다.

자신과 자식의 안위보다 훨씬 큰 기쁨과 즐거움은 바로 봉사라는 사실을 깨우치게 만든 그의 노력은 시간이 갈수록 점점 빛을 발하는 중이었다.

*   *   *

시간은 빠르게 흘러갔다.

2015년 2월.

최강철은 압도적인 지지율로 연임에 성공하며 청와대를 지켰다.

국민들은 4년 동안 최강철이 해온 정책들이 서서히 정착하면서 사회구조가 완전히 바뀌자 그를 다시 청와대의 주인으로 만들어주었다.

서울, 경기에 있던 모든 대학이 지방으로 이전했고, 공기업들도 지방 주요 도시에 자리를 잡았다.

주요 그룹들마저 지방에 자리를 틀었는데, 정부에서 사람들의 지방 이전에 아파트 취득세, 등록세 면제 등 엄청난 특혜를 주었기 때문에 첫해에 무려 2백만에 달하는 서울, 경기 거주자들이 지방으로 빠져나갔다.

이런 현상은 더욱 빠르게 진행될 것이다.

반드시 대학을 보내야 한다는 부모들의 의식이 변했고, 사회구조가 대학을 가지 않아도 충분히 먹고살 수 있도록 바뀌었기 때문에 굳이 아이들의 교육을 위해 서울에 남아 있을 필요가 없었다.

그렇다고 서울이 무너진 것은 아니었다.

서울은 수많은 기업과 대학이 빠져나갔지만 한강변이 개발되면서 새로운 관광특구로 변해가고 있었다.

한강변의 빌딩은 똑같은 형식이 하나도 없었다.

모든 빌딩은 미관 심사를 거쳐 건축 승인이 났기 때문에 한강변은 아름다운 빌딩의 전시장이 되었다.

하지만 한강이 세계적인 명소로 거듭 태어난 건 작년 말 아름다운 야경 세계 1위에 선정될 정도로 압도적인 야경을 지닌 때문이었다.

정부에서 야간 조명에 들어가는 모든 비용을 책임졌기 때문에 빌딩들은 특정 시간 동안 천상을 보는 것처럼 아름답고 화려한 조명을 켜놓았다.

더불어 서울은 세계에서 가장 깨끗한 도시와 안전한 도시로 선정되어 여러 나라의 방송국에서 끊임없이 취재를 올 정도였다.

최강철은 대통령으로 재직하면서 여명 작전 이후 미국과의 한미 미사일 협정을 완전 파기했다.

독립된 국가로서 타국의 제한을 받을 이유가 없었기 때문이다.

더불어 주한미군이 철수 중이었기에 최강철은 강하게 밀어붙여 불공정한 협약들을 바꾸어 나갔다.

여명 작전 이후 바뀐 것은 또 하나 있었다.

최강철은 피닉스그룹을 상장시켜 확보한 돈으로 우주를 겨냥해 기어코 순수 국산 기술로 만든 인공위성 태극 1, 2, 3호를 연이어 하늘로 쏘아 올렸다.

비룡에서 만든 태극 1, 2, 3호는 미국이 반대한 고체 연료를 사용해서 1차 추진과 2차 추진까지 전부 국산 기술을 사용한 첨단 과학의 집약체였다.

우주로 눈을 돌린 이유는 대한민국의 미래가 그곳에 있다는 판단 때문이었다.

앞으로의 미래는 우주 개척과 에너지 개발에 승패가 달려 있다는 게 그의 생각이었다.

더불어 최강철은 피닉스자동차로 하여금 오래전부터 직승기의 개발을 추진해 왔다.

직승기는 수직이착륙이 가능한 승용차로서 제5세대 이동 수단이다.

대한민국을 경영하는 자리는 정치적인 이득과 안락한 노후를 안위하기 위한 자리가 아니라 국가의 미래를, 그리고 국민의 행복을 생각하고 실천하는 그런 자리였다.

그렇기에 끊임없이 고민하고 실행했다.

자신이 가지고 있는 천문학적인 자산은 오로지 대한민국의 미래를 위해 쏟아부을 것이다.

*   *   *

"대통령님, 요즘 운동은 하십니까?"

"아침저녁으로 조금씩 하죠. 장관님은 안 하시는 모양입니다. 배가 저번보다 더 많이 나왔어요."

"이건 나이가 들어 나오는 인격입니다. 운동해도 안 빠져요."

"하하, 그런가요?"

최강철이 웃자 외교부 장관 이창래가 따라 웃었다.

그동안 정부의 각료들은 투병 중인 행안부 장관을 제외하고 한 명도 이탈하지 않은 채 일을 하고 있었다.

이렇게 장관들이 오랫동안 자리를 지키는 경우는 처음이었다.

최강철은 대통령에 취임한 후 선임한 장관들과 계속 함께했는데 모든 장관의 평판이 역대 최고였다.

"그래, 오늘은 어떤 숙제를 들고 오셨습니까?"

"어제 일본 외무상 노무라가 전화를 해왔습니다. 이번 정기회담 때 위안부 배상 문제를 매듭짓고 싶다는군요."

"그들이 갑자기 안 하던 짓을 하는 이유가 뭐죠?"

"부담 때문입니다. 미국을 비롯해서 여러 나라 인권 단체가 일본이 한 짓에 대해 비난하고 있거든요. 그래서 일본 정부는 위안부 사안을 마무리하고 싶어 하는 것 같습니다."

"배상은 어떤 식으로 한답니까?"

"그건 아직… 만나봐야 알 것 같습니다."

"일본은 지금까지 우리나라에 공식적인 사과를 하지 않았

습니다. 36년간의 강점에 대한 배상도 하지 않았죠. 이번에 가
시면 그것도 매듭지어야 되지 않겠습니까?"

"그자들은… 휴우, 아닙니다. 알겠습니다."

"어렵다는 건 압니다. 그렇다고 한숨까지 쉬십니까. 당연히
절대 하지 않으려 하겠죠. 지금까지 철저하게 버텨왔으니 이번
에도 그럴 겁니다. 하지만 그래도 하세요. 지금까지 안 했다고
그냥 넘어가면 지들이 뭘 잘못했는지 잊어버립니다."

"당연한 말씀입니다."

"그리고… 회담장에 가서서……."

최강철의 말이 계속될수록 이창래의 표정이 점점 변해갔다.
그런 후 마지막 말이 끝나자 찢어질 것처럼 눈을 부릅떴다.

"정말이십니까?"

"저는 대한민국 대통령입니다. 그런 것으로 농담하지는 않
습니다. 그러니 장관님, 잘해주세요. 조금 머리숱이 적어지셨
지만 아직도 카메라에 잡히면 멋있게 나올 겁니다."

*   *   *

이창래는 실무협상 팀을 대동하고 일본으로 향했다.

외교부 장관을 맡은 지 벌써 4년이 훌쩍 넘는 동안 수많은
국가를 돌아다녔지만 일본은 갈 때마다 언제나 생소했다.

일본은 하나도 변하지 않았다.

경제는 세계를 주름잡는 강국이었지만 주변국을 배려하지 않는 그들의 정치 태도는 여전히 폐쇄적이고 오만했다.

그들은 대동아공영을 외치며 많은 나라를 침략한 과거를 지금까지 반성하지 않은 채 말도 안 되는 논리로 정당성을 주장해 왔다.

경제와 군사적인 우위를 확보한 그들은 주변국들의 피 토하는 외침에 전혀 귀를 기울이지 않았다.

특히 대한민국과의 관계는 다른 국가보다 훨씬 첨예하게 대립했다.

위안부 문제, 침략을 통한 36년간의 강점에 대한 사과와 배상은 물론이고 독도 문제까지.

그들의 주장은 간단했다.

36년간의 강점에 대한 배상은 오래전 한국 정부와 협상을 통해 배상했으니 더 이상 추잡하게 거론하지 말 것이며, 독도는 원래부터 자신들의 영토였으니 당연히 반환해야 된다는 것이었다.

대한민국 언론은 분노를 참지 못하고 그들의 오만에 대해 비난했으나 실제 행동으로 할 수 있는 건 아무것도 없었다.

그랬기에 더욱 분하고 억울했다.

불과 1억 달러에 36년간 한 나라를 강제로 통치하며 갈취

한 잘못을 해결했다는 그들의 주장과 삼국시대부터 대한민국 영토로 표기되어 있는 독도의 영토 주장을 접하면서 대한민국 국민은 울분을 참지 못했다.

일본의 독도 영토 주장은 우익 정권이 집권하면서 점점 도를 더해갔다.

아예 학생들의 교과서에 독도가 자기네 땅이라고 서술하며 대한민국을 자극했다.

이번 위안부 협상을 통해 과거를 정리하자는 그들의 제안이 그래서 의심스러웠다.

일본은 절대 자신들의 잘못을 먼저 인정할 놈들이 아니었다.

"꼭 하룻밤 자야 돼?"

"예, 장관님. 일본 측에서 최고급 호텔을 예약해 놨답니다. 아무래도 그들의 행동이 이상합니다."

"미쳤나? 더위 먹은 거야?"

"통째로 그럴 리는 없으니까 무슨 꿍꿍이가 있는 거겠죠."

이창래의 말도 안 되는 질문에 정환석 국장이 빙긋 웃음을 지으며 대답했다.

당연히 있을 것이다.

갑자기 협상을 제의해 온 것에 대한 원인은 이미 분석해 놨지만 그들의 전략이 무엇인지는 만나봐야 안다.

중요한 일이었으니 심각해야 했지만 이창래의 표정은 심각함과는 거리가 멀었다.

"개새끼들, 꿍꿍이는 무슨… 장소가 어디야?"

"외무성에서 마련한 동경호텔 컨벤션 홀입니다. 지금쯤 장관님이 오시길 눈이 빠지게 기다리고 있을 겁니다."

"가보자. 어떤 개수작을 부리는지 가서 보자고."

이창래가 멀리서 대기하고 있는 일본 측 공무원들을 바라보며 이를 드러냈다.

일본 외무성에서는 이창래를 모시기 위해 최고급 승용차를 보내왔는데 도요타에서 만든 검은색 대형 세단이었다.

"이 차, 방탄인가?"

"글쎄요."

"혹시 암습하면 어떡하나. 일본 놈들은 무슨 짓을 할지 몰라서 늘 불안하단 말이야. 안 그래?"

불안한 사람이 웃고 있을 리 없다.

이 협상을 대하는 그의 마음이 불편했기에 나온 소리였다.

*   *   *

호텔에 도착하자 일본 외무상 노무라가 다가와 웃으며 손을 내밀었다.

그 모습을 기자들이 미친 듯이 찍어댔다.

이번 협상 의제가 위안부 보상에 관한 것이라는 게 흘러 나 갔기 때문에 호텔에는 한일 양국은 물론 수많은 외신 기자들 이 몰려든 상태였다.

노무라와는 벌써 열 번도 넘게 만났다.

물론 만날 때마다 대부분 인상을 찡그리며 헤어졌다.

놈은 골수 우익으로 일본 정부의 대변인 노릇을 철저히 해 왔는데 만날 때마다 개소리를 해대는 바람에 이창래는 언제 나 돌아서면서 침을 뱉었다.

"이 장관님, 벌써 6개월이나 지났군요. 그동안 잘 지내셨습 니까?"

"저야 늘 잘 지내고 있습니다. 오늘따라 무척 덥군요. 일본 에 곧 태풍이 온다는데 대처는 잘하고 계신지 모르겠습니다."

"걱정입니다. 그렇지 않아도 이번 태풍은 꽤 강할 것이라 예 상하더군요."

"일본이야 워낙 재난 시스템이 잘된 나라니까 무슨 문제가 있겠습니까."

이창래가 껄껄 웃으며 덕담을 보냈다.

하지만 속마음은 달랐다. 이왕 오는 거, 한 다섯 개가 한꺼 번에 와서 일본을 쓸어버렸으면 싶다.

요즘 들어 일본 때문에 스트레스 받은 걸 생각하면 자다가 도 벌떡 일어날 지경이다.

뭘 처먹었는지 요즘 일본이 독도 영유권을 강하게 주장하는 바람에 외교부의 무능력을 질타하는 언론에 뭇매를 맞고 있었다.

하지만 노무라는 이창래의 덕담에 밝은 웃음을 지으며 입을 열었다.

"오늘은 회의 끝나고 저희가 만찬을 준비해 놨습니다. 즐겁게 저와 식사를 하시고 하룻밤 주무시고 떠나시죠."

"글쎄요. 제가 워낙 바빠서. 일단 회의부터 하고 나서 생각해 봅시다."

                    *   *   *

양쪽이 회의 탁자에 나뉘어 앉은 모습을 기자들이 사진을 찍고 난 후에야 회의가 시작되었다.

언제나 외교적인 회의는 지루하고 지랄 맞다.

다 알고 있는 내용을 새삼스럽게 떠드는 일본 측의 설명을 들으며 시간을 보내야 한다는 사실이 한심했지만 이창래는 참고 견뎠다.

일본 측의 설명은 장황했으나 간단했다.

위안부 문제는 전쟁을 겪으며 어쩔 수 없이 벌어진 불행한 과거로 일본 정부는 그에 대한 배상 의지가 있다는 것이다.

"자, 지금까지 일본 정부의 설명은 잘 들었습니다. 그러니 지금부터는 진짜 이야기를 해봅시다. 그래, 일본 정부는 어떤 배상을 하겠다는 겁니까?"

"지금 한국에는 39명의 위안부가 남아 있습니다. 그분들한 테 저희 정부에서는 10억 엔을 지불하겠습니다."

"일인당?"

"예?"

이창래의 질문에 노무라가 무슨 뜻인지 몰라 어리둥절한 표정을 지었다.

그랬기에 이창래의 입이 다시 열렸다.

"일인당 10억 엔을 주겠다는 겁니까?"

"이 장관님, 농담이 지나치십니다. 10억 엔은 한국 돈으로 100억입니다. 이 돈이면 개인당 2억 5천만 원씩 돌아갑니다. 저희들은 이 정도면 충분하다고 생각합니다."

"이보시오, 노무라 외상. 농담은 당신이 하고 있구만. 그런 돈은 우리나라에서는 개도 안 가져가. 지금 10억 엔으로 위안 부 보상을 전부 끝내겠다는 뜻이오?"

"저희 정부에서는 최대한의 성의를 보인 겁니다. 솔직히 말 해서 이것도 세계의 많은 인권 단체가 워낙 떠드는 바람에 결 정한 겁니다. 아까 말씀드렸다시피 위안부 문제는 역사에서 언제나 있어온 과거의 아픈 기억일 뿐입니다. 한국 쪽에서 자꾸 과거의 기억을 거론해서 비난하는 통에 우리 일본은 정말 곤혹스러운 처지입니다. 그러니 이 장관님, 우리 이 선에서 위안부 문제를 정리하는 게 어떻겠습니까?"

"씨발, 이 새끼가 완전히 좆 까는 소리를 하고 있네."

노무라의 말을 들은 이 장관이 한참 노려보다가 옆에 있는 정환석 국장 쪽으로 고개를 돌리며 중얼거렸다.

공식적인 자리만 아니었다면 아마 노무라에게 주먹을 날렸을지도 모른다.

한바탕 욕을 끝낸 이창래가 다시 노무라 쪽으로 고개를 돌렸다.

"당신들이 우리나라를 침략했을 때 위안부로 끌려간 사람의 숫자가 얼마나 되는지 압니까? 추정치로 20만 명이야! 그런데 뭐라고? 10억 엔으로 끝내자고?"

"그 숫자는 말도 안 되는 겁니다. 우리가 인신매매 집단입니까? 그 많은 숫자의 여자들을 왜 데려간단 말입니까?"

"아니, 씨발! 지금까지 뭘 말하고 있던 거야? 니들이 데려가서 강제로 매춘시켰잖아! 그걸 몰라서 나한테 묻는 거요?"

"휴우, 이 장관님, 목소리 좀 낮추시죠. 다시 말씀드리지만 지금까지의 역사를 봐도 전쟁이 벌어졌을 때 언제나 아이와 여자들의 희생이 컸습니다. 그건 일본만으로 국한된 것이 아닙니다. 내가 알기로 한국에는 화냥년이란 말이 있다고 들었습니다. 병자호란 때 끌려간 수많은 여자 중에서 겨우 목숨을 부지하고 돌아온 여자들을 부르는 말이라고 하더군요. 보십시오. 그렇게 뻔한 증거가 있는데 왜 중국에는 아무런 말도 안 하고 우리 일본한테만 보상 운운하며 괴롭히는 겁니까? 우리 정부도 미치겠습니다. 한국 정부와 언론이 계속 떠드는 바람에 세계 인권 단체들이 자꾸 우리를 비난하잖습니까. 제발 그만합시다. 한국도 이제 먹고살 만큼 되었는데 뭘 자꾸 바라는 겁니까?"

"이봐요, 노무라 외상. 하나만 묻지. 당신들이 준비한 게 이게 다야?"

"무슨 소립니까?"

"10억 엔을 배상한다는 게 준비한 전부냐고 물은 겁니다."

"그렇습니다."

"위안부 할머니들에 대한 일본 정부의 공식적인 사과는?"

"그런 계획은 없습니다."

"완전히 웃기는 작자들이구만. 우리가 거지냐? 씨발 놈들이 말도 안 되는 소릴 지껄이고 있어. 어이, 정 국장, 가자. 더 있다가는 울화통 터지겠다."

"알겠습니다. 그런데 장관님, 이 개새끼들 얼굴 한 대씩 갈기고 일어날까요?"

*   *   *

회의장을 나선 이창래는 수없이 몰려든 기자들을 제치며 성큼성큼 걸음을 옮겼다.

그 뒤로 실무협상 팀이 따랐는데 전부 흥분한 상태였다.

이창래의 걸음이 멈춘 것은 호텔 로비의 중앙이었다.

제일 먼저 질문을 해온 것은 대한민국의 제일신문 기자였다.

"이 장관님, 일본과의 협상이 상당히 일찍 끝났는데요, 무슨 내용이었습니까?"

"이미 알고 계신 것처럼 위안부 보상 문제에 관한 것이었습니다."

"협상은 잘 진행되었습니까?"

"아닙니다. 협상은 저희 측의 거부로 결렬되었습니다."

"일본에서 제시한 조건은 무엇이었습니까?"

"살아 있는 39명의 위안부 할머니들에게 10억 엔의 보상금을 주겠다는 것이었습니다. 한 명당 2억 5천만 원 정도의 금액입니다. 그들은 이미 돌아가신 분들께는 어떤 보상도 이야기하지 않았고 공식적인 사과도 하지 않겠다고 했습니다. 그랬기에 저희 정부는 그들의 제안을 받아들이지 않았습니다."

"이전과 거의 비슷한 태도군요. 10억 엔이란 보상금을 제시한 걸 빼고는 달라진 게 전혀 없습니다."

"그렇습니다. 그래서 그들의 제안을 받아들이지 않은 것입니다."

　"장관님, 그렇다면 정부에서는 앞으로 이 문제를 어떻게 해결하실 생각입니까?"

　"저희 정부에서는 일본 쪽에 더 이상 어떤 보상 문제도 제기하지 않을 것입니다. 잘못을 저지른 자들이 사과를 하지 않겠다고 하니 구차하게 사과하라며 애걸할 이유가 없습니다. 역사는 강자가 약자를 지배해 왔고 약자는 언제나 슬픔과 고통 속에서 살아왔다는 게 그들의 논리입니다. 그런 썩어빠진 논리를 가진 자들에게 사과를 요구한다고 해서 받아들여질 리 없습니다. 그랬기에 보상도, 사과도 더 이상 요구하지 않을 것입니다. 대신 그들에게 경고합니다. 일본이 약자가 되었을 때 언젠가 대한민국이, 그리고 그들에게 당한 수많은 나라들이 그들을 똑같이 대해줄 거란 사실을 말입니다. 그리고 오늘 이후 저희 정부에서는 최대한 빨리 예산을 편성해서 일본에게 끌려갔었던 위안부 할머니들에게 개인당 30억의 보상금을 드릴 예정입니다. 국가가 힘이 없어 당한 할머니들의 고통을 이제야 보상하게 된 점 매우 죄송스럽게 생각하며 지금이라도 국가로서 국민에게 해야 할 의무를 다하고자 합니다."

＊　　　　＊　　　　＊

이창래 장관은 저녁을 청와대에서 먹었다.

청와대에는 오랜 동지이자 벗인 김도환과 신규성이 같이 자리를 함께하고 있었는데 그가 돌아오자 환한 웃음으로 반겨 주었다.

"이 장관님, 오늘 정말 멋있던데요. 마치 영화배우 같았어요."

"에이, 실장님, 왜 이러십니까. 자꾸 그러면 정말 그런 줄 알고 착각한다니까요."

"아닙니다. 장관님 정말 멋있었어요. 지금 인터넷에서 난리가 아닙니다. 실검 1위가 이 장관님이에요. 국민들은 장관님을 이순신 장군처럼 생각하고 있어요."

"정말입니까?"

"제가 왜 거짓말을 하겠어요. 국민들이 전부 속 시원하다면서 박수를 쳤답니다. 이 장관님은 영웅이 되었어요."

"아이고, 대통령님, 대통령님은 이렇게 될 줄 알고 계셨던 거죠?"

김도환의 말을 들은 이창래가 빙그레 웃고 있는 최강철을 바라보았다.

그러자 신규성이 따라서 얼굴을 돌렸다.

"뭡니까? 두 분이서 미리 상의하신 거예요?"

"당연하죠. 장관이 무슨 힘이 있어 보상금으로 그런 거액을 빵빵 써요. 대통령님이 미리 재가를 해주셨으니까 큰소리친 거죠."

"허어, 그럼 일본 사과 문제도요?"

"그렇습니다. 대통령님께서는 이번 기회에 한일 관계를 완전히 다시 정립하고 싶어 하셨습니다. 국민들한테 과거에서 완전히 벗어나자는 말을 하고 싶었던 거죠. 언제까지 대한민국 국민이 과거 일본이 한 짓에 대한 피해의식에 사로잡혀 있을 수는 없잖습니까. 그놈들이 역사에서 벌어진 해프닝 정도로 생각한다면 우리도 그래야 합니다. 언젠가 우리가 강해졌을 때 놈들에게 우리가 당한 것처럼 똑같이 해주겠다는 의지가 더욱 중요합니다. 그래서 사과를 하지 말라고 한 겁니다. 스스로 잘못을 인정하지 않는 놈들에게는 좋은 말보다 몽둥이가 더 어울려요. 그게 그자들에게는 더 큰 효과가 있을 테니까요."

"자칫 양국 관계가 경색될 수도 있어요."

"그게 무서우면 이런 말도 하지 않았죠. 우리 대한민국은 이제 그 정도는 됩니다. 과거처럼 미국이나 일본의 눈치를 보지 않고도 당당하게 살 수 있습니다."

"그건 그렇죠. 하지만 국제 관계는 그렇게 강하게 나가면 문제가 생기니까 드린 말씀입니다."

조용히 있던 신규성이 신중하게 입을 열었다.

무슨 말인지 안다.

일국의 장관이 언젠가 반드시 복수를 하겠다고 공언했으니 대한민국 국민들은 통쾌함을 숨기지 못했으나 지금 세계 언론은 난리가 난 상태였다.

외신은 이창래의 인터뷰를 가감 없이 보도하며 앞으로 한일 양국의 관계가 악화될 것이라고 내다봤다.

그럼에도 최강철의 표정은 변함이 없었다.

"언젠가는 풀고 갈 문제였습니다. 저는 그때가 지금이라고 생각했습니다."

"잘하셨습니다. 저도 그렇게 생각하고 있었어요."

최강철의 말이 떨어지자 옆에 있던 김도환이 즉시 동조해 왔다.

그는 지금의 이 상황이 전혀 걱정되지 않는 모양이다.

"저는 좋습니다. 국민들이 통쾌하게 생각하는 모습을 보니까 제 속이 다 뚫리는 것 같았습니다. 우리는 그렇게 해도 됩니다. 우리 대한민국은 예전의 대한민국이 아니란 말입니다."

"그렇죠?"

"그럼요, 대통령님. 잘하셨습니다."

＊　　　　　＊　　　　　＊

양국 관계는 해외 언론이 추측한 것처럼 악화일로로 치달기 시작했다.

외교부 장관 이창래의 강한 보복 의지가 퍼져 나가자 대한
민국 국민들은 통쾌함과 동시에 반드시 그리하겠다는 복수 의
지를 되새겼지만 일본 국민들의 반발 또한 그에 못지않았다.

일국의 외교부 장관이 보복 운운한 것은 전쟁 도발이나 다
름없다면서 일본에서는 우익을 중심으로 들불같이 반한 시위
가 벌어졌다.

그들은 강했다.

한국이 전쟁을 원한다면 절대 물러서지 않겠다며 공공연히
떠들 정도로 이창래의 발언을 강력히 성토했다.

과거의 역사를 되풀이하겠다는 한국 정부의 바보 같은 행
위를 절대 용서할 수 없다는 것이다.

우익이 집권한 일본 정부도 국민들의 행동에 편승해서 강하
게 움직였다.

또다시 독도에 대한 일본 영토권을 주장하며 유엔에 제소했
고, 이번에야말로 일본 측의 손을 들어준 유엔의 결정을 한국
정부가 따르지 않으면 가만있지 않겠다며 압박의 강도를 높여
왔다.

택시 운전사 김 씨와 양 씨는 휴게실에 앉아 뉴스를 지켜보
며 침을 튀겼다.

갈수록 태산이란 게 이런 말인 것 같았다.

똥 싼 놈이 더 지랄한다더니 꼭 그 짝이다.

"일본 이 새끼들, 미친 거야, 뭐야? 정말 해보자는 거야?"

"그런 거지. 이 씨발 놈들은 아직도 대한민국을 홍어 좆으로 안다니까!"

"우리나라가 엄청 강해졌다는 걸 아직도 모르는 모양이지?"

"그놈들도 강하니까. 그래서 저 지랄을 하는 거야."

"일본 놈들이 뭐가 그렇게 강한데?"

"어디 뉴스를 보니까 일본 놈들 군사력이 나왔더라. 일본은 항모 전대가 세 개나 있단다. 더군다나 J계열 스텔스기가 실전 배치되면서 중국과 붙어도 지지 않을 거라고 나왔어. 지금 러시아와 중국하고 영토분쟁을 하면서도 전혀 꿀리지 않는 게 그런 군사력이 있기 때문이야."

"그래서 우리와 싸워도 충분히 승산 있다 이거야?"

"전쟁이 쉽겠냐. 국제사회가 온갖 이익으로 얽혀 있어서 지금은 전쟁하기가 쉽지 않아. 그럼에도 놈들은 우수한 군사력으로 협박을 해오면 우리가 예전처럼 꼬리를 말 것이라 생각하는 게 분명해. 과거에도 한일 감정이 격해지면 일본 놈들은 강하게 도발해서 미국을 끌어들였어. 그러면 미국은 은근하게 일본의 손을 들어주며 한국을 병신으로 만들었지."

"좆도, 지랄이구만. 그럼 이번에도 그런 거야?"

"모르지. 우리나라도 옛날과는 말도 안 되게 강해졌으니까 이번에는 어떻게 될지 모르겠다."

"만약 그렇게 되면 난 목 매달고 죽을지 몰라. 씨발, 이번에는 물러서면 안 돼. 붙고 싶으면 붙자고 그래. 우리 함대는 그토록 지랄하던 IS 놈들도 한 방에 박살 냈다고. 개새끼들, 아직도 우리가 그리 만만하게 보여!"

*　　　　　*　　　　　*

사건이 터진 것은 한일 협상이 벌어지고 난 3개월 후였다.

일본에서는 여전히 반한 감정이 뜨거워서 한류에 대한 보복이 한창 이뤄지고 있을 때였다.

일본에 대한 수출은 줄어들었고, 일본 국민들이 가장 좋아한나는 드라마와 공연이 완전히 차단되었다.

물론 그건 대한민국도 마찬가지였다.

원한다면 상대해 준다. 세계경제는 대한민국이 쥐고 흔드는 중이었으니 피해는 오히려 일본이 훨씬 컸다.

사건은 한 척의 일본 지리 탐사선이 사전 허가를 받지 않은 상태에서 독도로 들어오며 발생했다.

10명의 일본 과학자들이 탄 지리 탐사선은 출동한 대한민국 해양경찰에 나포되었는데 일본 측 해양경찰이 출동하면서 대치 상황이 발생한 것이다.

일은 자꾸 커져갔다.

양쪽이 팽팽하게 대치하면서 대한민국 동해 함대 소속 초계
함들이 지원을 나갔는데 일본 측에서 강력한 화력을 지닌 1함
대 소속 구축함들을 출동시킨 것이다.

      *   *   *

"대통령님, 현재 독도 인근에서 우리 측 군함과 일본 측 군
함이 대치 중에 있답니다!"

안색이 하얗게 질린 안보수석 이기명이 집무실로 뛰어들며
보고했다.

최강철은 오바마의 방한에 대한 답방 스케줄을 외교부 장
관 이창래에게 보고받고 있는 중이었다.

"뭐라고요!"

자리에서 벌떡 일어나며 고함을 지른 건 최강철이 아니라
이창래였다.

가뜩이나 요즘 일본과의 관계가 악화일로로 치닫고 있는
상황이었기에 그는 함대가 대치하고 있다는 소릴 듣자마자 얼
굴이 시퍼렇게 굳었다.

최강철이 입을 연 것은 이창래가 자신의 실수를 알아채고
급히 입을 닫을 때였다.

"자세히 말씀해 보시죠. 도대체 무슨 일입니까?"

"오늘 오후 2시에 일본의 지리 탐사선이 무단으로 독도에 접근해 왔답니다. 그래서 저희 쪽 해경이 그 배를 나포했는데 일본 측이……."

안보수석의 말은 간단하고도 복잡했다.

이런 와중에 지리 탐사선이 무단으로 들어왔다는 것이 이해되지 않았고, 기다렸다는 듯 일본의 구축함이 나타난 것도 기분이 나빴다.

슬쩍 시간을 보자 3시 20분이 지나고 있었다.

불과 1시간 20분 만에 일본 지리 탐사선을 나포했고, 급하게 출동한 대한민국의 초계함을 일본의 구축함이 압박하고 있다는 뜻이다.

이건 시간상 미리 준비하지 않았다면 불가능한 일이었다.

그랬기에 최강철의 표정도 서서히 굳어지기 시작했다.

"그럼 우리 쪽은 초계함만 나가 있는 겁니까?"

"그렇습니다. 일본 함대에서는 지리 탐사선을 돌려보내라며 엄포를 놓고 있는 중이랍니다. 만약 그대로 나포해 간다면 가만있지 않겠다는군요."

"우리 군의 대응은요?"

"대통령님의 명령을 기다리고 있습니다. 지금 화상통화가 연결되어 있으니 받아보시죠."

안보수석이 급히 집무실에 있는 모니터의 전원을 넣은 후 잠시 기다리자 합참 작전 상황실이 나타나며 익숙한 얼굴이 보였다.

바로 합참의장 정국영이었다.

—충성, 합참의장 정국영 대장입니다.

"현재 상황은 어떻습니까?"

—양쪽의 대치 상황이 팽팽해진 상태입니다. 일본 측은 16시 정각까지 지리 탐사선을 인도하지 않으면 무력으로 진압해서라도 데려가겠다고 연락해 왔습니다.

"일본 구축함은 몇 대가 와 있습니까?"

—대치 선에 3대, 후방 50㎞ 지점에 이지스함 5대, 그리고 후방 100㎞ 지점에 일본이 자랑하는 1함대의 항모 전단이 대기하고 있습니다. 아무래도 이자들이 고의로 일을 벌인 것 같습니다.

"우리 함대는 어디 있지요?"

—저희 동해 함대는 포항에서 대기 중입니다. 최대한 서두르고 있지만 16시 안에 대치 선까지의 이동은 어려울 것 같습니다.

"음……."

어려운 상황이다.

미리 준비하고 도발해 온 적을 맞이하기엔 시간이 부족한 상황이었고, 일본의 의도가 너무 불순했다.

어디까지 준비한 걸까?

만약 일본의 의도대로 움직인다면 어떤 일이 벌어질지 알 수 없었다.

그랬기에 입을 굳게 닫고 생각에 잠긴 최강철의 입에서 무거운 신음 소리가 흘러나왔다.

하지만 침묵은 짧았다.

"총장님, 동해 함대는 대기하십시오. 그리고 공군 쪽도 움직이지 말라고 하세요."

―대통령님!

"지시대로 하십시오. 불리한 싸움은 하는 게 아닙니다. 그렇지 않습니까?"

―그럼 지리 탐사선을 그대로 놔주란 말씀입니까?

"그럴 리가요. 우리 땅을 무단으로 침입한 자들을 그냥 놔둘 수는 없지요. 동해 함대는 완벽한 출동대기 상태를 유지하고 대기하십시오. 공군도 마찬가집니다."

―대통령님, 그리되면 자칫 현재 대치하고 있는 초계함이 위험할 수 있습니다.

"그들이 제시한 시간이 16시라고 했습니까?"

―예, 대통령님.

"지금 시간 15시 27분. 만약 정말 일본이 도발을 한다면 정확히 16시 05분에 신풍 제거 전략 1을 발동하십시오. 일본의 배짱이 얼마나 강한지 한번 두고 봅시다."

―헉!

최강철의 명령을 받은 합참의장 정국영이 얼마나 놀랐는지 긴 신음성을 흘려냈다.

만약의 사태에 대비하여 준비해 놓은 신풍 제거 전략 1을 쓴다면 정말로 돌이킬 수 없는 일이 벌어질 수도 있었다.

군인은 전쟁을 두려워하지 않지만 일본을 상대로 준비한 신풍 제거 전략은 그만큼 무시무시한 것이었다.

*   *   *

강릉함의 함장 유일도 중령은 마른침을 삼키며 전방을 주시했다.

지금 그들 주변에는 2척의 초계함과 3척의 해경 순시선이 일본의 지리 탐사선을 중간에 가둔 채 진영을 갖추고 있었다.

하지만 그들 전방에 전선을 구축하고 있는 일본 측은 3척의 초계함과 3척의 구축함이 있었고 그 뒤로 새까맣게 전함들이 다가오고 있었는데, 상황실에 따르면 후위에서 다가오는 전함들은 일본이 자랑하는 이지스함 공고급 구축함이었다.

계속해서 상황을 보고했지만 사령부에서는 그저 대기하라는 지시만 내리고 있었다.

언제 지원군을 보내느냐고 물었으나 사령부에서는 어떤 대답도 하지 않은 채 지리 탐사선을 내놓으라는 일본 측의 요구를 들어주지 말라는 지시만 반복했다.

시계를 보자 일본 측이 제시한 16시가 점점 다가오고 있었다.

과연 일본은 어떤 선택을 할까?

만약 공격을 해온다면 자신과 부하들은 오늘 살아서 집으로 돌아가지 못할 것이다.

그럼에도 이를 악물고 수평선을 노려봤다.

그때 레이더병의 발악적인 외침이 들려왔다.

"함장님, 적의 구축함으로부터 락온되었습니다! 적들의 구축함이 모두 우리 함정들을 겨냥하고 있습니다!"

이 씨발 놈들이.

설마설마했는데 정말 일을 벌일 생각인 모양이다.

레이더병의 외침에 장병들의 얼굴이 사색으로 변해갔다. 이대로 선제공격을 받는다면 살아날 가능성이 전무하기 때문이다.

유일도 중령의 굳게 닫힌 입술이 열린 것은 16시를 불과 10분 남겨두고였다.

"부함장, 함포와 미사일을 준비하도록."

"함장님!"

"놈들이 공격해 오면 우린 곧장 들이받는다. 어차피 우리 방어 능력으로는 놈들의 공격을 막을 수 없어. 그럴 바에는 한 놈이라도 같이 죽어야 되지 않겠나. 다른 놈은 필요 없어. 우린 오직 저놈만 잡는다."

유일도 중령이 당당하게 서 있는 중앙의 구축함을 가리켰다.

3척 중 중앙에 위치한 구축함의 형태로 봤을 때 최근에 일본이 개발한 야마토급 최신형 호위함일 가능성이 컸다.

어차피 죽는다면 같이 죽는다.

이순신 장군은 죽고자 하면 살고 살고자 하면 죽는다고 했지만 유일도 중령의 머릿속에는 오직 같이 죽겠다는 생각뿐이었다.

함장의 명령에 대기하고 있던 장병들의 얼굴이 순식간에 시커멓게 죽어갔다.

그야말로 청천벽력이다.

일요일인 어제저녁에 족구를 하면서 휴식을 즐겼는데 그것이 세상과 이별하는 마지막 축제였던 모양이다.

그럼에도 장병들은 함장의 지시에 따라 급하게 공격 준비를 서두르기 시작했다.

군인은 명령에 죽고 명령에 산다.

그리고 지금 상황은 그들의 의지로 삶과 죽음이 결정되지 않는다.

조용하던 함정이 유일도 중령의 명령에 따라 수많은 복창 소리가 연이어 이어지며 시장판으로 변했다.

그 모습을 보면서 유일도 중령은 천천히 눈을 감았다가 떴다.

군인으로 살다가 군인으로 죽겠다며 다짐한 지난날들이 주마등처럼 떠올랐다.

그리고 이제 고등학교에 들어가는 딸과 늦둥이 아들의 모습이 차례대로 눈앞으로 다가왔고, 아침에 잘 다녀오라며 손을 흔들던 아내의 모습도 보였다.

미안해, 여보. 먼저 가더라도 너무 슬퍼하지 말고 우리 애들 잘 키워줘.

'이런 씨발, 좆도. 이게 도대체 무슨 날벼락이란 말이냐!

"준비 끝났나? 락온, 락온. 목표는 중앙의 저 계집처럼 생긴 놈이다. 모든 화력을 전부 집중해. 우리에겐 단 한 번의 기회밖에 없다. 알았나?"

"알겠습니다!"

5분 앞으로 다가온 시간.

먼저 쏠 수는 없다. 놈들이 먼저 쏘기를 기다렸다가 단숨에 해치워야 한다.

옆을 바라보자 울산함의 함포가 자신들이 목표로 삼고 있는 중앙의 구축함으로 향하고 있는 게 보였다.

역시 최 중령답다.

그는 자신의 의도를 눈치채고 확실하게 야마토급 구축함을 잡기 위해 화력을 집중시킬 생각인 것 같다.

손해는 아니다.

2척의 초계함과 일본이 자랑하는 최신예 야마토급 구축함을 맞바꿀 수 있다면 남는 장사다.

유일도 중령은 마른침을 삼키며 이를 악물고 수평선에 떠 있는 일본 구축함을 바라보았다.

그때 눈앞에 있는 함선의 전화벨이 요란하게 울리기 시작했다.

"함장 유일도 중령입니다."

—합참의장이다. 지금 상황 어떤가?

"놈들이 락온을 한 상태입니다. 아무래도 공격할 것 같습니다."

—그래서?

"저희들도 함포와 미사일을 준비해 놓고 있습니다. 어차피 갈 거라면 한 놈이라도 데려갈 생각입니다."

—이런, 쯧쯧. 정말 죽을 생각이냐?

"예, 그렇습니다!"

—까불지 말고 그대로 있어. 어차피 쏴봐야 소용없다. 함포는 사정거리에 닿지 않고 미사일은 전부 격추될 거야. 뒤쪽에 있던 이지스함들이 30㎞ 전방까지 다가왔어. 내 말 무슨 소린지 알겠나?

무슨 소린지 왜 모르겠는가.

이지스함들이 30㎞ 전방까지 다가왔다는 건 초계함에서 쏘는 미사일이 모조리 격추된다는 뜻이다.

"그럼 어쩌란 말입니까? 그냥 앉아서 죽으란 말입니까?"

—우리 내기할까?

"무슨 말씀이신지……."

—일본 놈들의 배짱이 우리보다 센지 아닌지 말이다. 난 일본 놈들이 널 쓰러뜨리지 못한다에 백만 원 건다. 어쩔래? 나랑 내기해 볼 테냐?

"……."

—쌌다, 이 자식아. 혹시 죽을지 모르니까 대가리 꽉 박고 있어. 다시 말하지만 대응사격 하지 마. 그러면 정말 죽으니까.

전화가 끊겼다.

그런 후 적의 구축함에서 미사일이 날아오고 있다는 레이더병의 울부짖음이 들려왔다.

이게 뭐야? 이 마당에 나보고 뭘 어쩌라고 그렇게 전화를 끊어!

"함장님, 곧 도착합니다. 어쩌실 생각입니까?"

"뭘 어째? 쏘지 말라는 말 못 들었어? 그냥 대가리 처박고 있으라잖아!"

시뻘게진 눈으로 자신의 명령을 기다리는 부함장과 장병들을 향해 고래고래 소리를 질렀다.

이성은 마비되었고, 오직 합참의장의 명령만이 뇌리를 사로잡았다.

명령.

이보시오, 합참의장. 그 명령에 나와 내 병사들이 총 한 번 못 쏘고 저승 구경을 한다면 나는 죽어서라도 당신을 그냥 두지 않을 거야.

그러니 모가지 손질 잘해놓고 있어.

*　　　　*　　　　*

그 시각, 의성의 금봉산 동쪽 능선이 반으로 갈라지기 시작했다.

그런 후 30여 기의 미사일이 전자동 발사대에 의해 천천히 모습을 드러냈다.

최대 사거리 1,000㎞를 자랑하는 천궁—1호의 모습은 온통 검은색으로 치장되어 악마의 이빨처럼 보였다.

계속되는 정밀도 개량으로 적중도 100%를 자랑하는 천궁—1호는 웬만한 도시를 완전히 쑥대밭으로 만들 수 있는 위력을 가지고 있다.

무엇보다 천궁—1호가 무서운 것은 비룡에서 개발한 자기 조립체 및 각인 기술을 이용한 나노 패턴 제조 기술(Nano—Imprint Technology)과 세계 최초로 개발한 SAP—1이 합쳐져 몸통에 수많은 돌기가 설치되어 있다는 것이다.

그 돌기의 역할은 최신 미사일에 내재되어 있는 근접 인식 시스템의 전파를 완전 흡수해서 차단하는 것이다.

이 말은 레이더로 작동하는 요격미사일의 충돌을 완벽하게 회피할 수 있다는 뜻이다.

제철소의 용광로 등에서 회수된 부차 생성물질인 산화철 가루가 전파 흡수 성능을 갖는 마그네타이트(Fe3O4)를 포함한다는 사실에 착안하여 완벽한 전파 흡수 장치를 개발했는데 그것이 바로 SAP—1이었다.

SAP—1은 세계에 아직 발표되지 않은 신기술이었고, 거기에 덧붙여 나노 패턴 제조 기술이 합쳐지자 어떤 MD 시스템도 무력화시켜 버리는 무적의 미사일이 탄생되었다.

"쐈답니다."

"우리 함대는요?"

"대통령님의 판단이 맞았습니다. 이놈들은 단숨에 승부를 볼 정도로 배짱이 없었어요. 일단 위협사격을 가한 후 우리의 대응을 지켜볼 생각이었던 것 같습니다."

"반격을 하면 그때 박살을 내겠다?"

"그런 거죠."

"여우 같은 놈들이군요. 최 박사님, 시작하시죠. 합참에서는 일본이 공격하면 별도의 지시 없이 바로 갈기라고 했습니다. 이제 배짱 싸움에서 누가 이기는지 확인해 볼 시간입니다."

"알겠습니다."

천궁 미사일 지대장 이춘만 대령의 말을 들은 비룡의 선임 연구원 최문수가 복잡한 계기판을 조정하기 시작했다.

그런 후 곧바로 버튼을 눌렀다.

그의 손이 버튼을 떠나는 순간 하늘을 향해 당당하게 서 있던 30기의 천궁—1호가 불을 뿜으며 하늘로 날아올랐다.

그 모습을 바라보는 두 사람의 표정은 비장했다.

오늘 창공을 향해 날아간 30기의 미사일은 대한민국과 일본의 관계를 재정립시키는 기폭제로 작용하게 될 것이다.

"우리 대통령님, 정말 대단하지 않습니까. 난 대통령님이 이런 결단을 내릴 거라고는 꿈에도 생각하지 못했습니다."

"그게 진짜 배짱이란 겁니다. 일본 총리는 우리 대통령에 비하면 잔챙이에 불과해요. 이제… 일본 총리가 어떻게 나올지 정말 궁금하군요."

*   *   *

동해.

한국 동쪽에 있는 바다. 서태평양의 연해로 한국과 러시아, 일본열도에 둘러싸여 있고 북동은 소야, 타타르해협으로 오호츠크해와 연결되어 있으며, 동으로는 쓰가루해협에 의해 태평

양과 남으로는 대한해협에 의하여 남해와 연결된 바다이다.

그곳에 일본의 해군 주력 중 하나인 1함대가 항모를 기함으로 진형을 갖추고 해양 경계선에서 개전을 기다리며 대기하는 중이었다.

항모인 히류오호와 더불어 5척의 이지스 구축함, 3척의 순양함, 그리고 세 대의 공격 잠수함이 포함되어 있는 막강한 항모 전대였다.

"통신관, 한국 측은 아무런 반응이 없나?"

"죽으려고 작정한 놈들 같습니다. 불과 100m 앞에 미사일이 떨어졌는데도 꼼짝하지 않습니다. 아무래도 저항을 포기한 것 같습니다."

"꼬리를 마는 건가? 이렇게 끝나면 허탈한데."

"어쩔 수 없었을 겁니다. 반격하는 순간 동해가 초토화된다는 걸 놈들도 알고 있을 테니까요. 아무런 준비가 안 된 상태에서 한국은 우리 대일본 제국의 상대가 되지 않습니다. 물론 제대로 준비를 했다 해도 마찬가지겠지만 말입니다."

"그토록 뻔뻔하게 대들 때는 언제고 이제 와서 꼬리를 말아? 여전히 한국은 멀었다. 경제대국으로 성장해서 활개를 쳤지만 결정적인 순간에는 예전 버릇이 그대로 나온단 말이지. 놈들은 우리 일본과 중국 등 거대 세력에게 당해온 경험이 있기 때문에 몽둥이를 들면 고개부터 처박아. 그게 원래 그래.

어릴 때부터 얻어맞고 자란 놈은 커서도 주먹만 들면 고개를 처박고 벌벌 떨게 되어 있어. 상부에서도 그런 걸 너무나 잘 알기에 이런 결정을 한 것이야."

"이 기회에 반드시 독도를 되찾아야 합니다. 그동안 우리는 너무 평화적으로 놈들을 대했습니다. 감히 대일본의 영토를 강점하고 버텼으니 본보기로 몇 척은 수장시키는 게 좋겠습니다."

"그것도 좋겠지."

"아직 반응이 없으니 격침 명령을 내릴까요?"

"잠시만 기다려. 곧 상부에서 지시가 내려올 거다."

마시로 해장은 작전관의 말을 들은 후 항모의 불빛으로 인해 마치 보석처럼 빛나는 바다를 바라보며 빙그레 웃었다.

이번 작전은 이미 오래전에 구상되어 있던 것이다.

한국이 경제대국으로 성장해서 일본을 위협하는 순간부터 상부에서는 이런 순간을 기다려 왔다.

꺾어놓을 필요가 있었다.

그대로 한국의 군사력이 더 강해지기 전에 놈들의 기를 꺾어 더 이상 일본에게 대들면 안 된다는 것을 뼛속 깊이 알려 줘야 했다.

통막에서는 한국이 반격하는 순간 동해 함대를 박살 내기 위해 후쿠오카에 있는 JK—3를 250대나 추가로 준비해 놓은 상태였다.

만약 한국에서 반격한다면 이미 출전 준비가 완료된 제2, 3함대의 항모 전대가 곧장 움직일 것이고, 놈들의 동해 함대를 격멸시킨 후 한반도 전체를 봉쇄할 계획이다.

그때 갑자기 레이더 관제 장교의 비명 소리가 들려왔다.

"함장님!"

"뭔가?"

"한국에서 미사일이 발사되었습니다!"

"뭐라고?"

"수십 기의 미사일입니다!"

"목표는?"

"우리 함대 쪽입니다! 아닙니다! 궤도가 본토를 향하고 있습니다! 30기 전부가 본토를 향하고 있습니다!"

"흐으, 이 미친 새끼들이……."

"보란 듯이 우리 위를 넘어가는 공격입니다!"

"요격 준비해! 하나도 남김없이 잡는다!"

보석처럼 빛나던 바다를 바라보며 놈들이 항복하면 집으로 돌아가 아내와 외식이나 해야겠다고 생각하던 마시로 해장의 얼굴이 단박에 시꺼멓게 죽었다.

위협사격을 해도 죽은 시늉을 하며 꼼짝 않던 놈들이 이런 짓을 벌일 줄은 꿈에도 생각지 못한 것이다.

본토에 미사일 공격을 했다는 것은 전면전을 선언한 것과 마찬가지였다.

조용하던 함대의 통신망이 들끓었다.

어이가 없었지만 일단 항모 전대의 모든 화력을 동원해서 한국의 미사일을 막는 것이 우선이었다.

물론 항모 전대가 몇 기 놓쳐도 본토는 아무런 문제가 없을 것이다.

일본의 MD 시스템은 미국과 쌍벽을 이룰 정도로 완벽하게 구축되어 있기 때문이다.

이번 작전도 그런 자신감에서 비롯된 것이다.

최악의 순간 미사일을 날려도 전부 격추시킬 수 있는 MD 시스템을 보유했기에 한국은 일본의 상대가 안 된다고 판단했다.

놈들이 2개의 항모 전단을 보유하며 엄청난 속도로 해상 전력을 끌어올렸지만 일본은 이미 3개의 항모 전단을 구축한 상태였기에 지금 부딪치면 한국의 함대를 전부 물속에 가라앉힐 자신이 있었다.

더군다나 놈들의 서해 함대가 오려면 꼬박 이틀이 걸리지만 아군의 항모 전대는 이미 출전 준비를 마치고 개전을 기다리는 중이었다.

"일단 우리가 막는다. 본토로는 한 기도 넘어가서는 안 돼. 전 함대에 명령해서 요격미사일을 준비하도록. 시간 얼마나 남았나?"

"5분 후 도착입니다."

"가소로운 자식들. 감히 미사일을 쏘다니. 미사일을 격추시 킨 후 곧장 대치 선에 있는 한국의 함대를 전부 수장시킨다. 그리고 곧장 전진해서 우린 울릉도까지 진격한다. 이번 기회 에 조선 함대의 씨를 말려놔야겠다."

"알겠습니다, 함장님!"

통제관의 복창 소리에 자신감이 흘러넘쳤다.

그 역시 지금의 상황을 전혀 비관적으로 보고 있지 않았다.

제1함대가 보유하고 있는 이지스 구축함과 순양함의 숫자 는 8척이고 경계선에 3대가 대치하고 있으니 모두 합해 12척 이다.

거기에 호위함도 6척이 따라붙어 있었으니 이 정도의 화력 이면 웬만한 국가는 통째로 삼킬 수 있었다.

이지스함은 동시에 200개의 목표물을 추적해서 요격할 수 있었으니 한국에서 쏜 30기의 미사일 정도를 요격하는 건 누 워서 떡 먹는 것보다 쉬운 일이었다.

문제는 몇 기라도 빠져나갔을 때 상부의 문책을 받아야 한 다는 것이다.

본토의 초정밀 MD 시스템이 당연히 빠져나간 미사일을 요 격하겠지만 빠져나갔다는 사실만으로도 문책당할 각오를 해 야 한다.

레이더에 점멸하는 30기의 미사일이 빠른 속도로 다가오고 있다.

"준비한 대로 요격해. 별도 명령은 없다. 전 함대는 준비되는 대로 요격하도록."

"헉! 함장님, 한국 측 미사일이 레이더에는 잡히는데 타격 위치를 컴퓨터가 잡아내지 못하고 있습니다!"

"그게 무슨 소리야!"

마시로 해장의 목소리가 급격하게 커졌다.

본토에서 구축해 놓은 MD 시스템은 1함대뿐만 아니라 전 함대에 동일하게 적용되어 있었다.

어떤 미사일이라도 정확한 제원을 분석하고 요격하는 체계를 갖추었는데 지금 MD망이 가동되지 않는다는 것이다.

"무슨 일인지 모르겠습니다! 자동 요격 시스템이 작동하지 않습니다!"

"이런 미친……."

너무 황당하면 말도 나오지 않는다.

세계 최고라는 요격 시스템이 작동하지 않는다는 건 미사일의 요격이 불가능해진다는 뜻이다.

그럼에도 이렇게 가만히 앉아 있을 수만은 없었다.

이대로 그냥 두었다가는 본토가 불바다로 변할 수도 있었다.

"수동모드로 전환! 전 함대 미사일을 수동모드로 전환한다! 요격 준비! 준비가 끝나는 대로 발사해! 무슨 수를 쓰던 잡아! 그리고 전투기들에 지시해! 뒤쪽에서 대기하다가 빠져나가는 미사일을 추가 요격하란 말이야!"

"알겠습니다!"

"만약 요격에 실패하면 몸통으로라도 박아야 한다! 절대 놈들의 미사일이 본토로 가면 안 돼!"

마시로 해장의 목소리가 찢어질 듯 함선에 진동했다.

그는 비명을 지르는 것처럼 고함을 지르고 있었는데 마치 정신이 나간 사람처럼 보였다.

*   *   *

일본 총리 아끼야마는 통막의 보고를 받은 후 입을 벌린 채 아무런 말도 하지 못했다.

이번 작전을 위해 수많은 시뮬레이션을 했고, 그 결과 무조건 승리한다는 결과를 도출했다.

물론 일본 측의 피해도 상당했지만 어쨌든 한일 양국의 함대가 부딪치면 승리는 언제나 변함이 없었다.

그랬기에 오랜 고심 끝에 결단을 내린 것이다.

작전의 단계는 여러 가지로 나뉘어 있었다.

현대사회에서 전쟁을 치른다는 것은 언제나 엄청난 위험과 희생이 따르게 된다.

그럼에도 이 작전을 결행한 것은 대한민국의 기를 눌러야 한다는 조바심과 예전처럼 미국이 중재할 것이라는 보험이 있었기 때문이다.

미국은 예전에도 한일 양국이 독도를 중심으로 대치했을 때 일본 측에 유리한 협상안을 제시해서 무마시킨 전력이 있었다.

통막에서는 한국에서 쏜 30기의 미사일이 일본이 자랑하는 MD망을 전부 뚫고 나와 니가타항 1㎞ 전방에서 폭발했다고 보고했다.

그곳에는 제2함대가 출전 대기하고 있었는데 만약 한국의 미사일이 항구를 타격했다면 전멸했을 것이다.

어이가 없었다.

도대체 어떤 놈이 한국의 미사일은 아무것도 아니라고 보고했단 말인가.

한 기조차 잡지 못했다. 한 기조차······.

충격을 받은 건 통막도 마찬가지였는지 아무런 행동조차 하지 못하고 손을 놓은 채 자신의 얼굴만 바라보고 있었다.

한 놈도 살려 보내지 않을 수 있다며 자신감을 보이던 수많은 자위대의 지휘관들이 전부 넋을 놓고 있었다.

정신이 하나도 없어 책임을 물을 생각조차 하지 못했다.

지금 이 상황을 어떻게 대처할지 대책이 서지 않아 정신이 멍해질 정도였다.

그때 외상인 겐죠가 문을 박차고 들어왔다.

"총리님, 한국 대통령의 전화입니다!"

"으……."

"어떻게 할까요?"

겐죠가 난감한 표정으로 물었다.

그는 이번 작전이 끝나면 한국을 압박하는 선봉이 되어 맹활약하는 것으로 예정된 상태였다.

"어쩌긴 뭘 어쩝니까. 연결시키세요."

목소리에서 가시가 튀어나왔다.

전시에 대비해서 통막 벙커에 몰려 있는 30여 명의 정부 각료와 자위대의 지휘관들이 전부 허수아비로 보였다.

"대통령님, 전화 바꿨습니다. 아끼야마입니다."

─총리님, 오늘 하루 어떠셨습니까?

최강철이 얼굴에 미소를 지은 채 물었다.

의미심장한 질문이다. 그리고 그 질문에 대한 답변을 반드시 듣겠다는 표정이다.

"대통령님, 한국과 일본은 우방입니다. 그런 일본에 미사일을 쏜 저의가 무엇입니까? 우리와 전쟁이라도 벌이자는 뜻입니까?"

방귀 뀐 놈이 성낸다더니 아끼야마의 목소리가 높아졌다.

역시 여우다.

일단 앞뒤 상황은 제쳐놓고 결과만 가지고 따지는 그의 처세에서 오랜 세월 정치판에서 굴러온 연륜이 묻어났다.

하지만 최강철은 그의 말을 듣고 피식 웃었다.

─총리님, 미사일을 쏜 건 당신들이 먼저요. 혹시 그 소식을 몰랐다고 오리발을 내밀지는 않겠지요?

"우리가 무슨 미사일을 쐈단 말입니까. 우리는 한국에 어떤 적대 행위도 한 적이 없어요."

─나와 장난하고 싶은 모양이군요. 당신네 구축함이 우리 초계함 쪽에 10여 발의 미사일을 먼저 쐈습니다. 그걸 몰랐다고 우기는 겁니까? 이봐요, 총리님. 좋은 말로 하니까 내 말이 우습게 들리는 모양이지요?

"말조심하시오!"

─잘못했으면 일단 대가리부터 숙이시오. 괜한 말장난으로 사람 열받게 만들지 말고. 지금 상황을 잘 모르시는 모양인데… 우리가 미사일을 도쿄와 오사카 등 주요 도시에 날렸으면 일본이 어떻게 되었을 것 같습니까? 설마 내가 그런 결정을 내리길 바라는 건 아니겠지요?

"대통령님, 뭔가 오해가 있는 것 같습니다. 한일 양국 관계가 그동안 소원했지만 우린 오랜 세월 우방으로 지내왔습니다. 그런 일은 절대 벌어져서는 안 됩니다."

―그렇죠. 그래서 우리 아까운 미사일을 바다에 빠뜨린 겁니다. 애꿎은 일본 국민들을 희생시키지 않기 위해서. 우리 군 지휘관들은 이 미사일을 일본의 주요 항만과 비행장에 쏘자고 했습니다만 내가 겨우 진정시켰습니다. 나 역시 총리님처럼 불행한 사태를 막고 싶었으니까요.

"감사… 합니다. 정말 훌륭하신 결단입니다."

―수많은 시뮬레이션 끝에 우리와 전쟁을 벌이면 이긴다는 결과를 도출했겠지요. 그랬으니까 독도까지 와서 도발했을 겁니다. 하지만 총리님, 그 시뮬레이션은 아무래도 일본 쪽에 유리한 조건만 넣은 모양입니다. 내가 보고받은 시뮬레이션에서는 우리 쪽 함대와 당신네 함대가 붙으면 무조건 우리가 이기는 것으로 나왔는데 말입니다. 믿기지 않습니까? 그럼 미사일을 사용하지 않을 테니 제대로 한판 붙어볼까요? 지금 우리 서해 함대도 그쪽으로 진출했으니 총리님이 오케이만 하면 당장에라도 붙을 수 있습니다.

"으……."

아끼야마의 얼굴이 붉어질 대로 붉어졌다.

전부 믿을 수도 없지만 그렇다고 믿지 않을 수도 없었다.

통막의 보고를 믿고 이런 짓을 벌였는데 결과는 전혀 딴판으로 나왔으니 최강철의 협박을 무시할 수 없었다.

미사일조차 막아내지 못하는 일본의 무력을 어찌 믿을 수 있단 말인가.

그랬기에 아끼야마는 최강철의 말에 일언반구 아무런 대꾸도 하지 못했다.

최강철은 한동안 말이 없었다. 그런 후 천천히 마지막 일갈을 날렸다.

―총리님, 그리고 거기 계신 높은 양반들, 나는 대한민국 대통령으로서 당신네들에게 마지막으로 경고합니다. 다시 한 번 더 도발한다면 우리 대한민국은 절대 이번처럼 그냥 넘어가지 않을 겁니다. 알겠습니까?

*　　　*　　　*

대한민국 정부는 일본과 있었던 일에 대해 공식적인 발표를 하지 않았다.

국민을 전쟁의 공포 속으로 몰아넣을 수는 없기 때문이다.

그것은 일본도, 미국도 마찬가지였다.

대한민국에게 수모를 당한 일본은 침묵을 지켰고, 미국은 자신들의 우방인 한일 양국의 대치 상황을 노출시킬 이유가 없었다.

그러나 대치 상황이 끝난 후 보름이 지났을 때 최강철은 칼을 꺼내 들었다.

대국민 담화문을 통해 대한민국 대통령 최초로 독도를 방문하겠다고 발표한 것이다.

그동안 역대 대통령들은 일본과의 관계가 경색되는 것이 두려워 독도 방문을 자제했으나 최강철은 보란 듯이 대국민 담화문을 통해 방문 일자를 발표했다.

*   *   *

최강철이 독도를 방문하는 날.

대한민국의 광개토대제 항모 전단이 동해에 포진했고, 불사조—3가 하늘을 가득 메운 채 영공을 장악했다.

3기의 공중급유기가 떴고, 조기 경보기가 항공모함 전대와 전투기들에 일본과 중국의 움직임을 실시간으로 전송했다.

전국 20여 개 미사일 기지의 문이 열리며 만약의 사태에 대비했고, 30개의 전투비행장에서는 300대의 불사조—2, 3가 완전무장 상태에서 출격 준비를 마친 상태였다.

덤빌 테면 덤벼보라는 강력한 의지였다.

최강철의 독도 방문 장면은 따라붙은 방송사들로 인해 실시간으로 국민들에게 전해졌다.

국민들은 그의 결단에 환호를 보내며 기뻐했다.

우뚝 선 채 거대한 바다를 바라보는 그의 뒷모습.

국민들은 그의 뒷모습에서 거인의 든든함을 느끼며 감격의 눈물을 흘렸다.

그는 두려움이 전혀 없는 대한민국의 대통령이었다.

제68장
운명의 끝

남북경협이 시작된 지 벌써 15년.

그동안 정말 많은 변화가 있었다.

이제 휴전선 부근에 설치된 경제 공동 구역은 대한민국의 수출품을 전 세계로 움직이는 전진기지로 성장했고, 북한의 자치구도 10개로 늘었다.

북한은 중국과 같은 사회주의 자본 체계를 구축하며 인민들의 재산을 용인했기 때문에 일각에서는 상당한 재산을 구축한 사람들이 속출했다.

공장과 대규모 기업이 연이어 생겨났고, 생활수준도 급격히 올라갔다.

불과 1,000달러이던 북한 주민들의 소득수준이 만 달러까지 올라갔으니 그야말로 상전벽해가 따로 없었다.

북한에는 5개의 고속도로망이 구축되었고 철도망도 빠르게 신설되어 물류망을 확충했다.

5년 전부터는 남북한 사이에 공식적인 무역이 활성화되면서 수시로 왕래했다.

세계 제일의 경제대국 남한의 지원 아래 북한의 경제는 믿을 수 없을 정도로 비상하는 중이다.

막대한 자원, 싼 노동력, 그리고 남한이 가지고 있는 세계 최고 수준의 기술이 합쳐지자 그 파괴력은 상상을 초월할 정도로 컸다.

최강철은 대통령에 오른 후 김정일 위원장과 석 달에 한 번 꼴로 만났다.

그가 내려오기도, 최강철이 올라가기도 했는데 그들은 만날 때마다 언제나 흉금을 털어놓으며 진솔하게 이야기를 나누었다.

김정일이 심혈관 쪽에 문제가 있었기 때문에 최강철은 혈관 분야에서 세계적인 권위자인 서울대의 조영국 박사를 매달 평양으로 보내 그의 건강 상태를 살폈다.

그토록 좋아하던 술과 담배를 끊었기 때문인지 김정일은 최강철만 만나면 골프를 치자고 졸라댔다.

오늘도 두 사람은 평양 근교에 있는 골프장에서 라운드를 마치고 샤워장의 욕조에 마주 앉았다.

"최 통, 어째 갈수록 잘 치나. 난 이제 상대가 안 되는구면."

"위원장님 나이가 있잖습니까. 저야 아직 생생하니까 당연한 거죠."

"이 사람아, 골프는 구력으로 치는 거야. 자네 운동신경이 탁월해서 그래."

"하하, 그런가요."

최강철이 유쾌하게 웃자 장난스럽게 따라 웃던 김정일의 입이 천천히 열렸다.

"그나저나 저번에 말한 거 생각해 봤나?"

"실무진이 검토에 들어갔습니다."

"이제 우린 껍데기만 남았어. 국민은 잘살게 되었지만 우리 공산당은 빈껍데기가 되었어. 더군다나 병력까지 전부 감축해서 우리에겐 남은 것이 전혀 없다네. 아마 지금 남한과 전쟁을 하면 반나절도 견디지 못할걸."

"그거야 그동안 군비를 전부 경제 쪽에 돌렸으니까 그렇죠. 위원장님의 탁월한 결단이 없었으면 북한의 경제가 이렇게 발전하지 못했을 겁니다."

"공치사하지 마시게."

"공치사라뇨. 정말입니다."

"이봐, 최 통. 난 이제 아무런 미련이 없네. 아버지 수령님의 유언을 지켰다는 생각에 나는 요즘 잠을 잘 자. 그게 다 자네 덕이지. 자네가 없었다면 내가 이렇게 공화국을 발전시킬 수 있었겠나."

"그렇게 생각해 주시니 고맙습니다."

"그러니 이제 그만 합치세. 우리도 이 정도면 꽤 올라왔으니 합쳐도 남한이 받는 충격이 덜할 거야. 그렇지 않아?"

"정말 그렇게 생각하십니까?"

"그래, 합쳐서 최 통이 통합 대통령을 해. 난 뒤로 물러날 테니까. 어차피 요즘 들어 기력이 자꾸 떨어지는 걸 보니 얼마 살지 못할 것 같아. 내가 살아 있을 때 해야 돼. 알지?"

"고마운 말씀입니다. 하지만 저는 통합 대통령이 될 수는 없습니다. 우리 쪽은 북쪽처럼 영구 집권 같은 건 할 수 없으니까요."

"그런 게 어디 있어? 자네는 남한 쪽에서 가장 존경받는 대통령이잖아. 그런 사람이 집권하는 게 어때서?"

"하하, 저희 쪽 국민들은 생각이 다를 겁니다."

"하여간 남한은 이상한 동네야. 그래서 그렇게 발전한 건지도 모르겠지만. 어쨌든 난 이쯤에서 역사의 뒤안길로 물러서고 싶어. 분란을 없애려고 아들놈들을 전부 외국으로 쫓아냈고 친중파도 깡그리 제거했네. 이제 우리가 합치는 데 방해가 되는 어떤 것도 없어. 하지만 시간이 늦어지면 변수가 발생할지도 몰라. 지금은 내가 살아 있기 때문에 조용하지만 과거를 생각하는 놈들이 아직도 있거든. 그러니 서두르게."

"알겠습니다. 하지만 단시간 내에 해결할 수는 없습니다. 우리는 너무 오래 떨어져 살아왔으니까요. 그러니 먼저 위원장님이 해주실 게 있습니다."

"뭔가?"

"군대를 완전히 해산시켜 주십시오. 어떤 자들도 이상한 짓을 하지 못하게 말입니다."

*　　　　*　　　　*

북한이 군대를 해산하겠다고 공표한 것은 최강철이 방북을 마치고 돌아온 한 달 후였다.

김정일은 측근들의 반대를 무릅쓰고 군대를 해산해 버렸는데 각종 무기는 전부 남한으로 반출하는 조치를 취했다.

정말 충격적인 소식이었다.

북한과의 자유무역과 왕래를 통해 적대 의식이 거의 사라진 상태였지만 북한은 엄연한 군사력을 지닌 독립국가였고 언제든지 적으로 돌변할 수 있다는 생각이 무의식에 있었는데 군대 자체를 해산해 버리자 대한민국 국민들은 쌍수를 들어

환영했다.

군대의 해산 소식은 북한과의 통일이 눈앞으로 다가왔다는 것을 의미한다.

다행스럽게도 북한 군부의 반대가 거의 없었다.

그들은 퇴역 군인들이 자치구와 각 기업에 입사해서 최상의 대우를 받으며 일하는 것을 봐왔기 때문에 자신들도 그렇게 되기를 간절히 갈망하고 있었다.

*   *   *

평화통일에 대한 소식은 그로부터 6개월 후 남북 수반의 공동성명으로 인해 현실화되었다.

최강철과 김정일이 손을 굳게 잡고 양쪽 정부를 하나로 통합하는 데 원칙적으로 합의한 것이다.

정부가 바빠졌고 정치계 또한 정신없이 움직였다.

통일을 위해서는 수많은 난제가 있었으니 그것들을 선결할 필요성이 있었다.

통합 대통령을 선출하고 남한의 지방정부 체계를 원칙으로 하는 통일 방안이 제시되었다. 그런 후 공산당의 해체와 국회의원의 선거가 논의되었고, 북한의 행정구역이 재정비되기 시작했다.

평화통일.

그 꿈이 현실로 나타나는 순간이었다.

하지만 최강철은 대통령으로서 통일을 맞이할 수 없었다.

8년이란 길었던 대통령의 임기가 어이없게도 통일의 꿈이 눈앞으로 다가온 순간 끝이 난 것이다.

일각에서는 개헌을 해서라도 통합 대통령으로 최강철을 추대해야 된다는 논의가 있었으나 최강철은 단칼에 그런 논란을 잠재웠다.

내가 대통령이 된 것은 대한민국의 발전을 위해 최선을 다하기 위함이었지 대한민국을 새로운 독재국가로 만들기 위함이 아니었다.

*   *   *

대한민국의 통합 대통령은 민주연합의 추성호가 선출되었다.

그는 민주연합을 4년 동안 이끌며 최강철 정부의 잘못된 점에 대해 쓴소리를 아끼지 않았는데 과감한 결단력과 뛰어난 지도력을 가져 국민들에게 인기가 많았다.

북한 쪽에서도 공산당 출신의 인사가 후보로 나왔지만 상대가 되지 않았다. 남한의 인구가 북한보다 배는 많았고 자유 경제가 도입되면서 북한 주민들의 공산당에 대한 부정적인 시각이 팽배했기 때문이다.

국민들은 영악하다.

대한정의당에서 무려 16년 동안 집권했기 때문인지 국민들은 민주연합의 후보를 과감하게 선택했다. 정권이 오래 지속되면 썩는다는 진리를 너무나 잘 알고 있었기 때문이다.

퇴임 전날.

최강철은 자신과 평생을 같이해 왔던 김도환과 신규성, 그리고 이창래와 함께 청와대에서 마지막 식사를 했다.

각료들과는 어제까지 공식적인 행사를 전부 마쳤기 때문에 오늘은 측근들하고만 자리를 마련했다.

"대통령님, 그동안 수고 많으셨습니다."

"저보다는 여러분이 수고 많으셨죠. 부족한 저를 도와주셔서 정말 감사드립니다."

"이거 왜 이러십니까. 그렇게 말씀하시면 우리 얼굴이 붉어지잖아요. 일부러 그러시는 거죠? 더 열심히 일하지 않았다고."

"눈치채셨습니까?"

"이런……."

최강철의 농담에 모두의 얼굴에서 웃음꽃이 떠올랐다.

김도환의 입이 불쑥 열린 것은 사람들의 얼굴에서 웃음이 슬그머니 지워질 때였다.

"아깝지 않습니까?"

"뭐가요?"

"통일을 위해 밑밥을 던져놓느라 들인 공이 셀 수 없을 정도입니다. 이제 고기만 낚아 올리면 되는 순간인데 그냥 일어서게 되었으니 아까우셨을 텐데요?"

"뭐, 욕심이 났지만 간신히 참았습니다. 잘 아시는 것처럼 욕심을 부리다가 패가망신한 사람이 한둘입니까. 박수 칠 때 떠나는 게 멋있잖아요. 그게 제 스타일이기도 하고요."

"하긴 그렇죠. 복싱할 때도 그랬으니까요."

"제가 원래 한 멋 합니다."

"어이구, 이제 대통령님도 꽤 나이가 되셨어요. 그렇게 젊은 시절처럼 멋 부리면 주책이라고 합니다."

"아직 청춘이에요. 너무 그러지 마십시오."

"그런데 이젠 뭐 하실 겁니까? 바쁘게 일하다가 놀면 허탈할 텐데요."

"그동안 집사람한테 너무 소홀했어요. 나랏일 하느라 바쁘다며 잔소리에 꿋꿋이 버텼지만 백수가 되면 핑곗거리도 없으니 꼼짝하지 못해요. 그래서 당분간 집사람 모시고 여행이나 다닐 생각입니다."

"좋은 생각이십니다."

"그래도 제주도로 내려가시는 건 너무했어요."

"왜요?"

"거기까지 가려면 비행기값이 많이 든단 말입니다. 우리 호주머니도 생각해 주셔야죠."

그동안 잠자코 있던 신규성이 나서서 말도 안 되는 소리를 했다.

그가 돈이 없다고 하면 세상 사람 전부가 돈이 없다는 말과 똑같다.

"놀러 오시라고 일부러 그쪽으로 간 겁니다. 그리고 남은 삶 동안 바다를 보면서 살고 싶었어요."

*   *   *

최강철이 퇴임하는 날, 모든 국민이 텔레비전 앞으로 몰려들었다.

역사상 가장 위대한 대통령의 퇴임을 맞이하는 국민들의 마음은 착잡함으로 가득 차 있었다. 마음 같아서는 죽을 때까지 대통령으로 일하게 만들고 싶은 사람이었다.

그런 사람의 퇴임은 그래서 아쉽고 슬프다.

새롭게 통합 대통령으로 당선된 추성호가 조촐하게 하려던 당초의 취임식을 포기하고 여의도 광장을 선택한 것은 오로지 최강철 때문이었다. 국민들이 최강철의 퇴임식에 참여하겠다며 인터넷을 뜨겁게 달궜고, 그 역시 전임 대통령의 마지막을 화려하게 보내주고 싶었기 때문이다.

단상에 오른 최강철은 바다처럼 몰려든 국민들을 바라보며 깊은 숨을 내뱉고 천천히 입을 열었다.

　"친애하는 국민 여러분, 오늘 저는 대통령으로서의 임무를 무사히 마치고 자연인으로 돌아갑니다. 그동안 국정을 운영하면서 부족한 부분도 있었고 잘못된 점도 많았을 거라 생각합니다. 그럼에도 국민 여러분의 뜨거운 지지로 인해 무사히 임기를 마칠 수 있었습니다. 정말 감사드립니다. 이제 내일부터 새로운 시대가 열립니다. 통합 대통령으로 임기를 시작하는 추성호 대통령님은 뛰어난 식견과 국정 운영 능력을 지니신 분으로 남북통일의 새로운 시대를 잘 이끌어 나갈 것이라 믿어 의심치 않습니다. 저 역시 미력한 힘이나마 새로운 정부가 훌륭하게 국정을 운영해 나가는 데 도움이 될 수 있도록 최선을 다하겠습니다. 앞으로의 시대는 대한민국이 세계를 주도해 나갈 것입니다. 우리에게는 그런 능력이 충분합니다. 그러니 미래는 우리 대한민국의 것이란 걸 잊지 말아주십시오. 국민 여러분, 다시 한번 깊이 고개 숙여 감사를 드립니다. 그동안 고마웠습니다."

＊　　　　＊　　　　＊

　최강철의 퇴임식을 지켜보던 김영호와 류광일의 눈이 붉어졌다.

그들은 이제 회사에서 은퇴한 후 제2의 삶을 살고 있었는데 전공을 살려 조그마한 무역상을 운영하는 중이다.

"멋있네. 최고였어."

"그럼. 전임 대통령보다 훨씬 더 잘했어. 정우석 대통령도 잘했지만 그건 옆에서 최강철이 도와줬기 때문이야."

"아쉬워. 조금만 더 하면 좋았을 텐데. 은퇴하는 지금까지 국민들의 지지도가 80%를 넘고 있으니 우리나라 역사뿐만 아니라 세계 정치사에서 유래가 없는 일이다."

"그만큼 최강철이 국민들을 감동시킨 거겠지. 저 인간은 복싱할 때부터 사람들을 놀라게 하고 감동시키는 데는 일가견이 있었잖아."

"그러고 보면 참 많은 일을 했네. 대통령으로서 국가를 이만큼 성장시켰고 통일까지 끌어냈으니 우리나라 역사에 길이 남을 거야."

"개헌에 찬성하는 국민의 숫자가 60%를 넘었어. 그런데 최강철 대통령이 직접 거부했다고 하더구만. 원칙을 지키지 못하는 나라는 불행한 역사를 반복하게 된다면서 말이야. 정말 멋있는 인간이지 않냐?"

"두말하면 잔소리지. 저 사람은 과거에도, 그리고 지금도 여전히 멋있어."

화면에서는 이제 최강철이 마지막 인사를 끝내고 단상에 서서 국민들을 향해 정중하게 인사를 하는 장면이 나오고 있었다.

최강철이 마지막 인사를 하는 순간 여의도 광장에 몰려 있던 50여만 명의 군중들이 일제히 그를 향해 환호와 박수를 보내주었다.

그런 후 그 옛날 복싱할 때처럼 그의 이름을 연호하기 시작했다.

"최강철! 최강철! 최강철!"

아쉬움이다. 그리고 슬픔이다.

*　　　　　*　　　　　*

인생은 시간 속에 지나가고 그 시간의 흐름은 무서울 정도로 빠르다.

백발로 변해 버린 머리카락, 늙음을 감추지 못하고 늘어난 주름.

대통령직에서 퇴임한 지 벌써 22년의 세월이 지났다.

그동안 대한민국은 세계 최강의 국가로 자리매김하며 세계를 주도하고 있었다.

그는 대통령직에서 퇴임한 후에도 바쁘게 살았다.

가장 역점을 둔 것은 우주개발 분야였는데 자신의 재산을 그 분야에 전부 투자했다.

우주개발은 그야말로 천문학적인 돈을 잡아먹는 괴물이었다.
그렇다고 쉽게 결과가 나타나는 것도 아니었다.

정부에서도 비룡의 우주개발 사업에 상당한 금액을 지원하
고 있었지만 최강철은 자신의 투자처에서 들어오는 이익금을
전부 그곳에 쏟아부었다.

수많은 실패가 반복되었지만 점점 성과가 나타났다.

달을 정복했고, 화성에 착륙해서 신인류 프로젝트를 가동
시켰다.

신인류 프로젝트는 화성을 개발해서 인류가 정착할 수 있
도록 만드는 세계 최초의 거대 사업이다.

그리고 우주개발 사업을 시작한 지 40년이 훌쩍 지난 지금
은 태양계를 하나씩 정복한 후 더 먼 곳으로 나아가는 중이다.

이토록 우주개발 사업에 집중한 이유는 이것이 그가 대한
민국에게 해줄 수 있는 마지막 봉사라 생각했기 때문이다.

         *   *   *

이성일이 위독하다는 연락을 받고 최강철이 서울대 병원으
로 간 것은 화려한 꽃이 피어나기 시작하는 3월의 봄날이었다.

그가 도착하자 오래전 동고동락하던 윤성호 관장이 먼저
와서 기다리고 있었다.

이성일의 병명은 폐암이었다.

그렇게 담배를 끊으라고 이야기했음에도 사업 때문에 고민이 많았던지 계속해서 피우더니 기어코 폐암에 걸려 버렸다.

의학이 급속도로 발전하면서 암이 정복되었지만 모든 생명이 진화하는 것처럼 암도 변종이 나타났는데 이성일이 걸린 병은 초급성 폐암이란 것이었다.

"어서 와, 최 통. 조금 늦었네."

"성일이 아직 괜찮죠?"

"자네를 기다리고 있어. 그놈은 죽을 때가 되어도 농담을 하더군. 나한테 자네를 오지 못하게 해달라고 그랬어. 자네를 못 보면 절대 죽지 않을 테니까 오래 살 수 있을 거라더라."

"미친놈……."

병실 문을 열고 들어갔다.

그러자 눈을 감은 채 병상에 누워 있는 이성일의 모습이 보였다.

불쑥 솟아오른 배, 말라비틀어진 얼굴.

고통으로 인해 계속해서 진통제를 맞아왔기 때문인지 얼굴은 편안해 보였으나 호흡은 거칠어질 대로 거칠어진 상태였다.

"성일아, 나 왔다."

부드럽게 놈의 머리카락을 쓰다듬어 주었다.

이제 남아 있는 머리카락은 눈으로 셀 수 있을 만큼 줄어든 상태였다.

천천히 손을 내밀자 앙상하게 변해 버린 놈의 손이 잡혔다.

고목나무처럼 거칠어진 손이다.

자신도 모르게 눈물이 나오기 시작했다. 자신의 삶에서 이 성일은 모든 것을 줄 수 있는 유일한 친구였고 자신의 생명보다 소중한 존재였다.

그런 놈이 병상에 누워 힘들어하는 모습을 보자 가슴이 터질 것처럼 아파왔다.

"우리… 강철이 왔구나."

"깼어?"

"오지… 말라니까 왜 왔어……. 너만 안 오면 난 오래 살 수 있는데. 이 자식아, 이젠 널 봤으니 난 죽은 목숨이다."

이성일이 얼굴에 웃음을 만들기 위해 애를 썼다.

하지만 기력이 다했기 때문인지 그의 웃음은 마치 울음처럼 보였다.

그 모습에 눈물이 왈칵 터져 나왔다.

"성일아, 아프냐?"

"응, 아파. 그래서 미치겠다. 이제 널 봤으니 떠나야지……. 널 기다리느라 너무 힘들었어."

"미안해, 성일아. 더 잘해주지 못해서……."

"…미친놈아, 네 덕분에 내가 얼마나 행복하게 살았는데 그런

소릴 해. 헉, 헉. 고마웠다. 널 봤으니 이젠 여한도 없어. 강철아,
먼저 가서 기다릴게. 너는 남아서 신나게 살다 천천히 와⋯⋯."

"성일아!"

눈을 감는 이성일의 모습을 보면서 최강철이 비명을 질렀다.

하지만 이성일은 더 이상 아무런 움직임을 보이지 않았다.

"성일아! 성일아, 이 자식아!"

놈을 붙잡고 몸부림을 쳤다.

전생에서도, 그리고 다시 산 인생에서도 놈은 언제나 자신
의 곁을 지켜주었다.

친구를 먼저 보내는 아픔이 이토록 클 줄 몰랐다.

최강철이 통곡을 하자 수많은 사람들로 북적이던 병원이
순식간에 침묵 속에 빠져들었다.

병실 밖 복도에는 그를 따라온 수행원과 수십 명의 기자들,
그리고 병원 관계자들이 자리를 지키고 있었다.

최강철은 이미 오래전 대통령직을 떠났지만 대한민국은 물
론이고 지구촌 전체에서 가장 영향력이 큰 위인이었기에 그가
움직이면 최소한 30여 명 이상의 기자들이 따랐다.

의사가 들어와 이성일의 사망선고를 했을 때 최강철의 통곡
은 최고조에 달했다.

절규였다.

자신의 생명과 같던 친구를 떠나보내며 최강철은 오랫동안

눈물을 멈추지 못했다.

내가 죽는다 해도 너를 다시 만날 수 있을까. 언제나 사랑했던 너를…….

*　　　　*　　　　*

이성일을 보내고 제주도로 돌아온 최강철은 더 이상 움직이지 않았다. 상심이 큰 것도 있었지만 그 역시 자신의 마지막을 준비할 시간이 필요했다.

서지영과 함께 시간을 보내며 모든 것을 하나씩 정리해 나갔다.

루시퍼와 한 약속, 그 약속된 시간이 점차 다가오고 있었다.

따뜻한 햇살이 비치던 오후.

최강철은 서지영의 손을 이끌고 바닷가로 향했다.

제주도로 온 후 시간이 날 때마다 그녀와 함께한 산책길에는 언제나처럼 아름다운 바다가 펼쳐져 있었다.

한참 동안 거닐던 최강철은 바다가 잘 보이는 언덕에 오른 후 벤치에 앉아 멀리 보이는 수평선을 바라보며 서지영의 손을 부드럽게 잡았다.

바다는 점점 붉은빛으로 변하며 황혼이 내려앉는 중이었다.

"여보, 날씨가 제법 싸늘해졌어요. 그만 들어가요."

"조금만 더 있다 갑시다."

"오늘따라 왜 그래요?"

"응, 당신과 조금 더 있고 싶어서 그래. 이대로 헤어지기 아쉬워서."

"그게 무슨 말이에요?"

"그런 게 있어."

"또 출장이에요? 이번엔 어디로 가는데요?"

"멀리. 아주 멀리."

"이 양반 봐. 이젠 어디로 출장 가는 것도 비밀인 모양이네. 당신 혹시 예쁜 애인 생긴 거 아니에요?"

"세상에서 가장 아름다운 여인이 옆에 있는데 내가 그런 생각을 하겠어? 말도 안 되는 상상이야."

"호호, 다 늙어빠진 할망구가 아직도 예뻐 보인다구요? 어디 가서 그런 소리 하지 말아요. 거짓말이란 거 금방 들통나니까."

"정말이야. 난 당신이… 세상에서 제일 예뻐. 지영 씨, 평생 동안 내 옆을 지켜줘서 정말 고마워. 그리고 사랑해."

"당신… 왜 이래요? 무슨 일 있어요?"

아내와 함께 붉은 석양을 바라보며 혼자만의 이별을 했다.

차마 아내에게 떠난다는 말을 할 수 없었다.

사람의 직감이란 무섭다. 아니, 어쩌면 자신은 떠나야 할 시간을 계산하고 있던 것인지도 모른다.

정확한 시간은 알 수 없었으나 오후가 되자 오늘이란 생각이 들기 시작하더니 그것은 확신으로 변해갔다.

그랬기에 서지영과 함께 오후 내내 시간을 같이 보냈다.

인생은 일장춘몽이라고 했던가.

마치 한바탕 즐거운 꿈을 꾼 것 같았다.

아내와 도란도란 이야기를 나누다가 침대에 누워 눈을 감았다.

잠이 들고 싶지 않았다.

이대로 눈을 감으면 영원히 뜨지 못한다는 생각이 들자 미련이 자꾸 목덜미를 잡아왔다.

하지만 운명이란 것은 인간의 힘으로 막지 못하는 법이다.

*　　　　　*　　　　　*

"이봐, 최강철. 그동안 잘 있었어?"

어느샌가 주변이 온통 백색으로 변했고, 그 옛날 처음 만났을 때 그 소름 끼치던 모습으로 루시퍼가 모습을 드러냈다.

자신을 다시 살도록 만들어준 악마, 그는 섬뜩한 미소를 짓고 있었는데 보는 것만으로도 숨이 막혀올 정도였다.

그럼에도 전혀 두렵지 않았다.

"어서 와. 기다리고 있었어."

"좋군, 좋아. 역시 심장이 강해. 전혀 놀라지 않는 걸 보면 말이야."

"어차피 약속된 시간이잖아. 그리고 난 약속을 어길 생각이 추호도 없었다."

"그래. 다시 살아본 인생, 어땠나? 괜찮았어?"

"응, 즐거웠다. 아주 좋았어."

"뭐가 그리 좋았나?"

"모든 게 다. 더없이 행복하고 더없이 즐거웠다. 루시퍼, 고마워."

"정말 너는 이상한 인간이야. 나는 지금도 궁금해. 네가 다시 살고 싶다고 했을 때부터 너를 쭈욱 지켜보고 있었다. 난 처음엔 복수를 하기 위해 돌아가려는 거라 생각했어. 너를 그렇게 만든 자들에 대한 복수. 그리고 네가 전생에서 하지 못한 것들. 예를 들면 인간이 지니고 있는 욕심과 욕망, 그리고 타락을 원할 것이라 생각했어. 하지만 너는 전혀 그런 삶을 살지 않더군. 다시 살았던 너의 삶은 지켜보기 민망할 정도로 고지식했어. 재미도 없었고 말이야. 말해봐, 도대체 넌 왜 그런 삶을 선택한 거지?"

"내가 그렇게 산 건 나 같은 놈을 더 이상 만들고 싶지 않았기 때문이다."

"무슨 소리지?"

"나로 인해 사회가 바뀐다면 나같이 억울하게 자살하는 놈들이 없어질 거라 생각한 거야. 그래서 재미는 없었지만 그렇게 살았어. 왜 그런 눈으로 봐? 뭐가 이상해?"

"크크크, 이제 보니 넌 미친놈이었구나."

"그럴지도 모르지. 처음부터 그런 생각을 가진 건 아니야. 네 말대로 나한테 아픔을 준 놈들에게 복수하고 싶었어. 돈을 많이 벌어 내 마음대로 갑질 하면서 남들 위에 군림할 생각도 했었다. 세상을 마음껏 조롱하고 싶었거든. 하지만 시간이 지나면서 점점 허탈해지더구만. 네가 나한테 선물해 준 것들은 그런 삶을 나에게 허락하지 않더라. 뛰어난 머리, 강철 같은 심장, 체력, 그리고 미래의 기억, 그런 능력을 가진 놈은 절대 평범하게 살 수 없다는 걸 뒤늦게 깨달았다."

"내 선물을 받은 게 후회되는 모양이지?"

"아니, 후회되지 않는다. 내가 말했잖아. 더없이 행복하고 즐거웠다고."

"그럼 다행이고."

"이봐, 루시퍼. 나 잠깐만 눈 뜨면 안 돼?"

"왜?"

"아내에게 마지막 이별의 입맞춤을 하고 싶다. 허락해 줄 수 있겠나?"

"쯧쯧, 넌 이미 죽었어. 그리고 이곳은 네가 새로운 삶을 시작할 공간이다. 네 모습을 봐. 이런 모습으로 돌아갈 수 있을 거라고 생각해?"

루시퍼의 말을 들은 최강철은 그때서야 급히 맞은편에 걸린 거울에서 자신의 모습을 발견했다.

그곳에는 강철 갑옷을 두른 전사의 모습이 들어 있었다.

매끈한 피부, 그리고 칠 척에 달하는 탄탄한 몸매, 등 뒤에 멘 장검에서는 푸른빛이 연신 솟아올라 그의 몸 전체를 비추고 있었다.

어이가 없어 눈을 돌리자 루시퍼의 눈빛이 푸르게 변한 것이 보였다.

"어때, 네 모습?"

"기가 막히는군. 이게 원래 내 본모습인가?"

"응. 그게 바로 네 모습이야. 천상계 최고의 전사, 전장의 화신이지."

"이런 제길……."

온통 하얀색으로 치장되어 있던 벽들이 사라지고 그의 발 아래로 투구에 갑옷을 입은 채 장검을 들고 있는 수많은 병사들의 모습이 들어왔다.

병사들의 끝에 있는 건 피가 튀는 전장이었다.

아비규환이다.

지평선 끝에서 벌어지는 전장은 그 규모가 얼마나 되는지 짐작할 수 없을 만큼 거대했다.

최강철이 죽음으로 이어진 전장을 보면서 어이없다는 표정을 지었다.

"이게 뭐야?"

"뭐긴 뭐야. 지금부터 네가 해야 하는 일이지. 내가 분명히 말했을 텐데. 너에게 새로운 삶을 살게 해주는 대신 영혼을 나에게 저당 잡혀야 한다고. 지금부터 너는 본래의 네 모습으로 돌아가 전쟁의 영웅으로 살아가게 될 것이다."

"내가 왜, 무엇을 위해 싸운단 말이냐?"

"그것은 시간이 지나면 차츰 알게 돼. 하지만 분명히 장담하지. 네가 지금까지 살아온 삶은 지금부터 시작되는 삶에 비하면 아무것도 아니라는 걸. 자, 가자. 미치도록 잔인하며 처절한 전장의 세계로."

『기적의 환생』 완결

초대형 24시 만화방

신간 100%, 샤워실, 흡연실, 수면실(침대석), 커플석, 세탁기 완비

▪ 광명 광명사거리역점 ▪

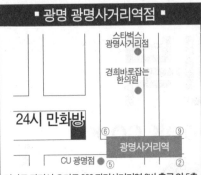

경기도 광명시 오리로 986 광명사거리역 6번 출구 앞 5층
02) 2625-9940 (솔목타워 5층)

▪ 강북 노원역점 ▪

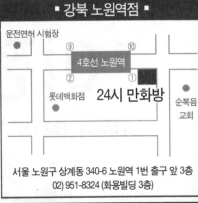

서울 노원구 상계동 340-6 노원역 1번 출구 앞 3층
02) 951-8324 (화용빌딩 3층)

▪ 일산 정발산역점 ▪

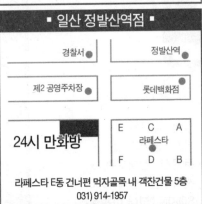
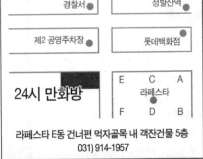

라페스타 E동 건너편 먹자골목 내 객잔건물 5층
031) 914-1957

▪ 일산 화정역점 ▪

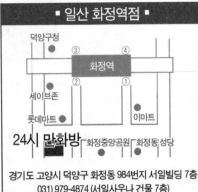

경기도 고양시 덕양구 화정동 984번지 서일빌딩 7층
031) 979-4874 (서일사우나 건물 7층)

▪ 부천 역곡역점 ▪

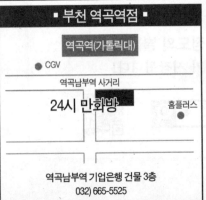

역곡남부역 기업은행 건물 3층
032) 665-5525

▪ 부평역점 ▪

(구) 진선미 예식장 뒤 한신포차 건물 10층
032) 522-2871